braumüller

HANNAH OPPOLZER

VER PASST

Roman

braumüller

Für alle, die Angst haben, etwas zu verpassen.

Und für meine Familie, die sich schon für meine Geschichten begeistert hat, als ich noch nicht einmal schreiben konnte.

You're so ahead of yourself
that you forgot what you need.
Billy Joel, Vienna

Eine Frage: Wohin fallen all die Vorstellungen,
die nicht gelebt werden? Gibt es Ritzen der Zeit,
wo sie verschwinden?

Emmas Mutter

Was kann sich über Nacht verändern? Das Wetter: heute sonnig, morgen regnerisch. Der Körper: heute gesund, morgen krank. Das Gemüse: heute frisch, morgen verfault. Das sind bewegliche Dinge. Die Größe eines Raumes gehört jedoch zu den unbeweglichen Dingen.

Trotzdem ist ihr der kaum zwölf Quadratmeter große Raum selten so weitläufig erschienen. Aber vielleicht ist sie es ja, die kleiner geworden ist.

Sie liegt in ihrem Bett, und ihre Augen durchmessen jeden Winkel. Eigentlich wirkt alles wie immer. Ihr Körper passt proportional zum Bett und das Bett zum Zimmer. Sie ist nicht geschrumpft wie Alice.

Aber.

Als sie aufgewacht ist, war etwas anders. Größer und weiter weg. Als hätten sich alle Menschen in ihrem Leben über Nacht mit Hammer und Meißel an die Arbeit gemacht, den Raum zu vergrößern, oder als hätte er eine übernatürliche Dehnung erfahren. Die blassgelben Wände hatten sie ohnehin eingeengt.

Vielleicht hätte sie nicht so viel über das Kind nachdenken sollen. Das ist immer schon ihr Problem gewesen: zu viel nachzudenken, die Dinge zu zerdenken. Vielleicht wurde sie deshalb so oft enttäuscht.

Doch sobald sie an das Kind denkt – und das tut sie in letzter Zeit häufig, denn es gibt nichts, was sie nicht an Emma erinnert –, macht es sie zornig, dass ihre Tochter überall ihre Spuren hinterlassen musste, nichts unberührt ließ, alles anfasste, verschob und umwarf, neu aufstellte und mit ihren Farben bemalte. Nichts ist sicher vor ihr gewesen, alles hat sich nur um sie gedreht. Sogar ihre eigene Aufmerksamkeit ist nur noch um diesen kleinen Menschen gekreist, der sie Mami nannte.

Mami.

Wenn sie an das Kind denkt, dann drehen sich ihre Gedanken wie ein Karussell. Es dreht sich nur für sie allein. Endlich, denkt sie, endlich geschieht einmal etwas nur für mich. Es dreht sich und dreht sich, und irgendwo sitzt ihre Tochter, verschlungen in einem Zoo aus leblosen Tieren, auf einem Plastikpferd, dessen Körper von einer Stange durchbohrt ist, an der ihre verschwitzten, klebrigen Kinderhände reiben.

Was kann sich über Nacht verändern? Die Weiblichkeit: heute eine Frau, morgen eine Mutter.

Das jedoch, denkt sie, sollte zu den unbeweglichen Dingen gehören.

Sie weiß, dass sie neun Monate Zeit hatte, sich darauf vorzubereiten.

Das Kissen in ihrem Nacken drückt ihre Halswirbelsäule zu stark in die Höhe. Sie spürt, wie sich ihr Rücken versteift, und weiß, dass sie ihre Position verändern muss, wenn sie später keine Schmerzen haben will wie eine alte Frau.

Sie kennt ihren Körper gut. Sie versteht seine Signale, so wie damals, als sie mit fünf Jahren über einen Steg lief und plötzlich einen stechenden Schmerz im Nacken spürte. Sie blieb stehen und hatte die Wespe einen Moment lang zwischen den Fingern, bevor etwas dicht bei ihrem Ohr summte. Aber sie schrie nicht auf, sondern ließ das Tier wegfliegen und kratzte dann so lange an dem anschwellenden Stich, bis er zu bluten begann. Das vergiftete Blut floss aus ihrem Körper, und sie presste ihr Hemd auf die Wunde. Am Abend linderten in ein Tuch eingeschlagene Eiswürfel ihren Schmerz.

Sie war damals sehr stolz auf sich.

Sie richtet sich im Bett auf, schlägt die Decke zur Seite, und eine kalte Luftwelle trifft auf ihre Füße, hitzig vom Schlaf. Beim Aufstehen entfernt sich der Boden immer weiter von ihr, je aufrechter ihre Wirbelsäule wird. Kein Schwindelgefühl, kein Pochen an der hinteren Schädeldecke, kein Anflug von Migräne.

Viel zu schnell ist sie beim Fenster. Ist der Raum doch nicht so groß, wie es ihr eben noch schien, oder haben ihre Sinne ihr etwas vorgespielt?

Sie hat ihren Augen schon als Kind nicht vertraut. Je aufmerksamer sie die Welt betrachtete, desto unschärfer wurde diese. Alles verwandelte sich in Wasser und Wolken, war verzerrt und trüb wie in einer Flussströmung verlaufende Farbe. Eines Tages setzte ihr eine Ärztin ein drahtiges Gestell auf die Nase, und die Umgebung nahm wieder Kontur an. Kaum zu Hause versteckte sie den Fremdkörper unter ihrem Bett. Sie hat die Welt lieber verschwommen.

Ihr Vater war verärgert und ihre Mutter tobte, denn sie konnten das Gestell nicht finden, weil sie von dem Geheimfach nichts wussten. Sie selbst konnte es auch nicht finden, weil das Bett kein Bett mehr war, sondern ein Meer aus lustigen Farben. So wurde sie von ihrer Mutter noch einmal zur Ärztin geschleppt.

Ihre Finger wandern am Glas entlang. Die Scheibe beschlägt durch ihren Atem, und obwohl sie nach draußen in den Septembermorgen sieht, erblickt sie auch das gespiegelte Innere. Innen und außen greifen ineinander, eine Schablone legt sich auf die andere. Blasse Bergspitzen am Horizont.

Sie weiß nicht, warum sie ausgerechnet an ein Karussell denkt. Sie verabscheut Jahrmärkte, weil sie viel zu laut und hektisch sind, die Zuckerwattenstände zu rosa, die Geisterbahnen zu schwarz.

Der Mond klebt immer noch an der Wölbung des Himmels, wie ein Scheinwerfer, den jemand vergessen hat auszuschalten. Obwohl sein Licht schon lange nicht mehr gebraucht wird, da die Straßenlaternen viel heller leuchten und die Bildschirme sowieso.

Sie macht einen Schritt zurück und stößt gegen das hohe Nachtkästchen, das neben dem niedrigen Bett fehl am Platz wirkt. Das ganze Zimmer scheint falsch eingerichtet zu sein und womöglich ist es deshalb über Nacht größer geworden, um ihr endlich die Möglichkeit zu geben, all die zusammengewürfelten Möbel in eine ansehnliche Ordnung zu bringen. Bett, Nachtkästchen, Kleiderschrank, Schreibtisch, Drehstuhl, Teppich, Kommode und Spiegel sind im Raum verteilt, aber ohne Beziehung zueinander, als wären sie Requisiten eines Theaterstücks, das nie gespielt wurde.

Es liegt vor allem am Schrank, stellt sie fest. Der ist unglücklich in eine Ecke gedrängt worden, sodass sich die rechte Flügeltür nicht vollständig öffnen lässt. An einer Stelle der Wand ist die Farbe schon abgeschlagen, weil sie die Schranktür zu oft aufgerissen hat.

Häufig hat sie nicht an die Folgen gedacht. Aber

sie hat daran gedacht, was sie will und wann sie es will. Sie hatte feste Vorstellungen und den Willen, diese zu verwirklichen. Und irgendwann früher ist sie wohl auch stolz auf sich gewesen.

Vielleicht bekommt man ja Kinder, um Spuren in der Welt zu hinterlassen. Wenn das so ist, dann sind ihre im Frühjahr verwischt worden.

Eine Erinnerung: Immer schon – als wäre da eine Schnur, die sich um ihren Hals wickelt und sich im Fleisch vergräbt, wenn sie allein ist. Wie Stacheldraht in Baumrinde.

Emma

Sie sitzt auf der Parkbank, ein Buch auf dem Schoß, *Diesseits vom Paradies*, ein gespitzter Bleistift in der Rille zwischen ihren Oberschenkeln, das Lesezeichen neben sich auf den Holzlatten.

Es ist März. Die Kastanien der Allee treiben bereits aus, der Springbrunnen inmitten der mageren Rosenbeete ist noch außer Betrieb. Nur Reste des Regenwassers treiben im Steinbecken, durchsetzt von Kieselsteinen, Laub und vereinzelten Kupfermünzen.

Sie heißt Emma, aber Emma heißt eigentlich *sie*, denn soweit ihre Erinnerung zurückreicht, hat ihre Mutter nur selten ihren Namen verwendet. *Sie; das Mädchen; meine Tochter; deine Tochter; die junge Dame.* Gäbe es ihren Vater nicht, sie wäre sich wohl nicht sicher, wie sie wirklich heißt.

Hat ihre Mutter früher in ihrer Gegenwart über Emma gesprochen, als wäre sie nicht da, ist sie wutentbrannt in ihr Zimmer gestürmt, hat geweint und gewartet, dass ihre Mutter kommt und sich entschuldigt. Ihr zuhört, sie tröstet, ihr versichert, dass sie sie lieb habe, einen Filmabend und gemeinsames Kochen vorschlägt, den Vater holt, der Emma unter vorgetäuschtem Stöhnen aus dem Zimmer trägt, obwohl sie schon viel zu alt dafür ist, getragen zu werden.

Aber ihre Mutter kam nicht. Die Tür blieb so lange zu, bis Emma sie selbst öffnete. Wenn, dann kam ihr Vater. Setzte sich neben sie, sagte das, was sie von ihrer Mutter hören wollte, tröstete sie, gab ihr ein Taschentuch, schlug vor, heute etwas Besonderes zu machen, ins Kino zu gehen vielleicht.

Es war nicht das Gleiche.

Sie will weiterlesen, aber als sie den Blick wieder auf die Buchseiten senkt, merkt sie, dass sie keine Ahnung hat, was sie gerade gelesen hat. Sie springt einen ganzen Absatz zurück, wiederholt die letzten paar Sätze und begreift, dass ihre Augen zu schnell waren für ihre Gedanken.

Sie klappt das Buch zu, öffnet es sogleich wieder und schiebt das Lesezeichen zwischen die Seiten. Es ist zu laut geworden, um lesen zu können. Überhaupt kann sie sich nicht mehr konzentrieren.

Sie fragt sich, was die Menschen mit dem Namen Emma verbinden. Ist nicht jeder Name mit einem Bild verknüpft? Sie überlegt: Emma klingt gleichmäßig und eben, wie eine nicht zu hohe Bergkette in der Abenddämmerung. Keine Gipfel, keine unerwarteten Talschluchten, keine spitz zulaufenden Felsen, nur die ewig gleichen Baumwipfel, die höchstens durch ihre Unauffälligkeit auffallen. Das doppelte M in der Mitte unterstreicht die Gleichmäßigkeit des Namens, lässt ihn aber auch in der Aussprache vibrieren. A ist grün, E ist blau, aber kein Himmelblau, eher ein tiefes Nachtblau ohne Sterne.

Eigentlich müsste der Name ihren Eltern ähnlicher sein als ihr selbst, denn schließlich sind sie es gewesen, die ihn ausgewählt haben. Hilft der eigene Name einem Kind dabei zu wachsen? Sie stellt sich vor, wie sie als kleines Mädchen von den Erwartungen und Bildern eingezäunt wurde, die man mit dem Namen Emma verbindet. Bis zu einem gewissen Grad ist doch jeder Name ein Klischee.

Sie muss einkaufen gehen, ihr Kühlschrank ist beinahe leer. Vor ein paar Jahren, als sie gerade von zu Hause ausgezogen war und sich noch an das selbstständige Leben gewöhnen musste, befiel sie immer eine seltsame Panik, wenn der Vorrat an frischen Lebensmitteln zu Neige ging. Sie musste dann sofort in den Bus steigen und zum nächsten Supermarkt fahren, ängstlich, dass sie irgendetwas aufhalten würde und sie niemals zu ihrem Essen käme. Ein ausgeraubter Supermarkt, über

Nacht schlagartig angestiegene Lebensmittelpreise, leere Regale aufgrund einer Wirtschaftskrise. Oder ein zu ungenauer Blick beim Überqueren der Straße, ein hektischer Fahrer, der den Zebrastreifen übersieht. Es muss an den vielen Filmen liegen, die Emma sich spät in der Nacht auf Netflix ansieht. Oder daran, dass sie zu wenige Abenteuer erlebt.

Mittlerweile ist das letzte Überbleibsel ihrer einstigen Panik ein leichtes Herzflattern, wenn sie den Deckel vom Brotkorb nimmt und nur die übriggebliebene Kruste darin findet.

Als sie eine Stunde später mit zwei gefüllten Säcken in den Händen aus dem gekühlten Supermarkt in die immerhin etwas wärmere Abendsonne tritt, überlegt sie, noch bei ihren Eltern vorbeizuschauen.

Der Weg wäre nicht weit. Sie müsste vermutlich bis in den fünften Stock gehen, weil der Lift immer noch kaputt wäre, würde kurz auf der Fußmatte verschnaufen, dann die Klingel mit ihrem Familiennamen drücken. Ihre Mutter würde öffnen, sie anlächeln, als wäre sie weit, weit weg, ihr aber dennoch den üblichen Kuss auf die Wange geben, der keiner ist, weil sie ihn nur aus Gewohnheit gibt. Ihre Körper, einst ineinander verwachsen, würden wie zwei sich abstoßende Magneten voneinander wegdrängen.

In der Wohnung hätte sich nichts verändert, alles

wäre noch an seinem Platz, es stünden höchstens neue Blumen in der Vase. Ihre Mutter würde ihr Kaffee anbieten, wie sie es immer tut, Emma würde verneinen, wie sie es immer tut. Es sei ja schon Abend.

Emma könnte von ihrem Studium reden, Anekdoten aus dem Unialltag einfließen lassen, vielleicht von ihrem Freund Georg erzählen, der seit sechs Monaten in London ist, um dort zu studieren. Natürlich würde sie ihrer Mutter nichts davon sagen, wie groß sich die Wohnung seitdem anfühlt, wie sehr ihre Schritte in den hohen Räumen hallen und dass sie sogar die Zahnpastaflecken im Waschbecken vermisst. Ihre Mutter soll denken, dass es Emma gut geht. Nicht, dass nachts etwas in ihrer Herzgegend zieht.

Aber heute ist es anders. Heute ist ihre Mutter nicht allein. Als sie die Wohnung betritt, den dunklen Duft der Astern riecht und den beiläufigen Kuss ihrer Mutter empfängt, fallen ihr drei Paar Schuhe auf, die nicht ihren Eltern gehören. Bevor sie fragen kann, ob sie Besuch haben, kommt Georgs Vater lachend aus der Küche und nimmt sie kurz in den Arm, gefolgt von einem Kuss von Georgs Mutter und einem lockeren Handschlag von dessen jüngerem Bruder Valentin, mit dem Emma nie viel redet, weil seine Überheblichkeit ihr das Gefühl gibt, sich für ihre bloße Existenz rechtfertigen zu müssen.

Auch heute weicht Emma seinem spöttischen Blick aus und wechselt nur ein paar Worte mit seinen Eltern, denen ihre Mutter still beiwohnt. Ihr Mund lacht, als Georgs Vater sich zur Pointe einer Erzählung vorarbeitet, ihre Augen nicht.

Die drei verabschieden sich – Umarmung, Kuss, Handschlag –, dann ist Emma mit ihrer Mutter allein. Die Wohnung wirkt stiller als sonst. Unausgesprochene Fragen türmen sich in Emmas Kopf, unbekannte und vertraute Sehnsüchte steigen in ihr auf, sie will ihre Mutter spüren und sei es auch nur für einen flüchtigen Augenblick. Sie will den Menschen zurückhaben, den sie früher *Mami* genannt hat, auch wenn sie nicht weiß, ob es ihn noch gibt. Oder jemals gegeben hat.

In der Küche dreht ihre Mutter das Radio auf. Vielleicht weiß sie nicht, dass man diese Art von Stille zwischen zwei Menschen niemals übertönen kann, aber sie versucht es trotzdem immer wieder. Und Emma steht wie angewurzelt im Flur zwischen Jacken, die selten getragen, und Schuhen, die selten ausgeführt werden, sich beklemmend leer fühlend, und in dieser Leere die verzweifelte Sehnsucht nach etwas, das sie füllt.

Eine Mutmaßung: Früher war sie eine Vorausblickerin, heute ist sie eine Zurückblickerin, dazwischen nichts.

Emmas Mutter

An anderen Tagen dreht sich das Gedankenkarussell nicht so schnell. Sie wacht am Morgen lange vor Sonnenaufgang auf und öffnet ihre vom Schlaf verklebten Augen in eine schwarze Dunkelheit. Das Zimmer ist noch in die Undurchdringlichkeit der Nacht getaucht, als wäre seit dem Einschlafen keine Stunde vergangen. In solchen Momenten ist ihr, *als ob es tausend Stäbe gäbe und hinter tausend Stäben keine Welt.*

Früher hat sie gern Rilke gelesen. Irgendwann hat sie damit aufgehört, aber es war kein bewusstes Aufhören gewesen, sondern eher in der Art, dass man an einem Tag etwas tut und am nächsten nicht mehr und dann tut man es nie wieder und weiß eigentlich nicht, warum.

Sie denkt: Es gibt Dinge, die sich über Nacht verändern, und Dinge, die die Nacht nicht überleben. Ihr Magen fühlt sich an, als hätte jemand Steine darin versenkt.

Sie will ihrer Routine folgen, das Licht andrehen, aufstehen, das gekippte Fenster schließen, ihr Nachthemd ausziehen und sich unter die Dusche stellen, irgendeine Hose und eine dazu passende Bluse aus dem Kleiderschrank fischen und sich dann in der Küche Frühstück richten. Vielleicht mit ihrem Mann noch ein paar Worte wechseln, bevor sie zu einem Spaziergang aufbricht.

Aber sie bleibt liegen. Erstarrt und unbeweglich in einem fragilen Kokon, der bei der kleinsten Bewegung zerplatzen könnte. Sie genießt diese flüchtige Zeitspanne zwischen dem Ausatmen der Nacht und dem Einatmen des Tages.

Heute Morgen geht es ihr wieder besser. Die Kopfschmerzen haben sich zurückgezogen, sie hat seit gestern Nachmittag kein Fieber mehr und sieht auch keine schwarzen Punkte in den Augenwinkeln, wenn sie sich zu schnell bewegt. Duschen möchte sie jetzt. Duschen, während der Rest der Welt noch schläft. Ihr gefällt die Vorstellung, der einzige wache Mensch zu sein. Endlich genug Platz in einer engen Welt.

Sie hat schon als Kind gern geduscht. Bis zu einer Stunde konnte sie unter dem heißen Strahl stehen, die Augen geschlossen, die langen dunklen Haare über ihr Gesicht hängend, sich an den Spitzen formende Wasserperlen. Und dann die aufgerissene Tür, die tobende Mutter, die sie aus der Dusche zerrte und das Wasser abstellte, sie zornig trockenrieb, schimpfend über diese Wasserverschwendung und die völlig verschrumpelte

Haut. Wenn sie so weitermache, würde das Wasser durch ihre Haut in den Körper eindringen und zu einer Wasservergiftung führen.

Das Kind zitterte vor Angst, dass es sterben würde, und vor Kälte, obwohl es dampfend heiß war im Bad und der Spiegel so beschlagen, dass er nur Schemen zeigte. Hellhäutige Gespenster. Kaum hatte die Mutter das Bad wieder verlassen, malte das Kind Grimassen in den Beschlag.

Auch heute noch bleibt sie etwas länger unter der Dusche, als ihre Mutter es erlaubt hätte. Ein winziger Akt der Rebellion.

Jeden Morgen und jeden Abend folgt sie ihren Ritualen im Badezimmer, die einzige Zeit des Tages, die immer schon ihr gehört hat, eine Stütze in ihrem einst so hektischen und nun so stillen Leben. Im Gegensatz zu ihrer Tochter, die, kaum dass sie unter der Dusche stand, schon wieder beim Abtrocknen war und während des Zähneputzens las, um keine Zeit zu verschwenden, die man als Kind nicht zur Benutzung eines Duschgels bringen konnte und als Jugendliche fast dazu zwingen musste; im Gegensatz zu ihrer Tochter liebt sie die Zeit im Bad. Jeden Morgen und jeden Abend flieht sie in die behütende Atmosphäre des einzigen Ortes, an dem sie sich vorrangig ihrem Körper und nicht ihren Gedanken widmen kann.

Das sind die alten Seelen, hat ihr Mann über Emma gesagt. Emma sei eine alte Seele, seit Jahrhunderten auf Wanderschaft und nirgends wirklich zu Hause. Er interessiert sich für solche Dinge, ohne esoterisch zu sein, was eine Kunst ist. Und ohne andere Glaubensvorstellungen im selben Atemzug abzulehnen, was eine noch größere Kunst ist.

Der Spiegel zeigt ihr die dünnen Schultern, den für Ende vierzig zu knochigen Hals, die hervorstehenden Augen, die sie noch nie als besonders schön empfunden hat. Es liegt ein eigentümlicher Bann darin, sich selbst zu sehen, als wäre man eine andere Person. Es hat etwas Unwirkliches an sich. Vielleicht ist es uns nicht bestimmt, uns schärfer zu sehen als in der Oberfläche von Gewässern, denkt sie. Ob sich in ihren Augen seit vergangenem Frühjahr etwas verändert hat?

Eine Feststellung: Die Welt hätte nie größer werden sollen als das Puppenhaus der Kindertage.

Emma

Das Archaische am Menschen fasziniert Emma. Niemand hat diesen Trieb so perfide als Werbestrategie eingesetzt wie Fast-Food-Ketten, denkt sie beim Anblick der riesigen Hamburger in klebrigen Händen, aus denen die Hälfte des Belags in die Pappschachteln quillt, beim Anblick der fettigen Finger, die sich in das labbrige Brot graben, der weit aufgerissenen Münder, die nach dem nächsten Bissen gieren, und dann erst: dieses wilde Leuchten in den Augen. Ekelhaft, denkt sie. Und faszinierend. Orte wie dieser bieten Menschen ein Pendant zu ihrem geordneten und sterilen Leben. Eine Ausreißmöglichkeit.

Sie steht an der Kasse und bestellt nur Pommes, da sie schon seit Jahren Vegetarierin ist. Als Kind hat sie ihren Vater einmal gefragt, warum so viele Menschen Fast Food essen, obwohl jeder wüsste, wie ungesund es sei. Er meinte, es sei eben billig, und das genüge als Grund.

Sie beobachtet die Leute neben ihr in der Warteschlange und versucht zu ergründen, warum sie hier sind. Irgendwie glaubt sie nicht daran, dass es nur an dem billigen Essen liegt. Die wirklich entscheidenden Gründe für unser Handeln, denkt sie, liegen viel tiefer und bleiben uns meist verborgen. Irgendetwas führt uns durchs Leben, mag es Intuition oder Schicksal sein, und an diesem Ort, wo sich niemand darum kümmert, was oder wie oder wie viel man isst, fühlt man sich wohl.

Emma nimmt ihre Bestellung entgegen. Dann winkt sie Sophie zu, die sich mit einem vollbeladenen Tablett in den Händen nach ihr umsieht.

Ein paar Leute treffen sich heute Abend zum Essen bei Valentin, er hat gefragt, ob du auch kommen willst, sagt Sophie. Ich habe ihm erzählt, dass wir beide heute shoppen gehen, fügt sie auf Emmas gehobene Augenbrauen hinzu, da dachte er wohl, es wäre angebracht, dich auch einzuladen.

Seit wann kümmert sich Valentin denn darum, was angebracht ist?, fragt Emma.

Sophie ist ihre beste Freundin aus Schulzeiten. Genau genommen kennen sie sich schon aus der Unterstufe, aber so richtig kennengelernt haben sie sich erst mit siebzehn auf der Geburtstagsfeier eines Klassenkameraden, der in einem abgelegenen Haus wohnte. Weil sich die Party als öde herausstellte, beschlossen beide noch vor elf, sich ein Taxi zu rufen, und landeten so gemeinsam auf dem Gehsteig. Etwas angetrunken deutete Sophie dieses zufällige Zusammentreffen als Schicksalswink, und sie stießen auf die zukünftige Freundschaft mit leeren Bierflaschen an, die vor dem Haus standen. Emma zerrte ihre neue Freundin dann zum Taxi, unterdrückte Lachsalven im Hals und mit einem Funkeln in den Augen, das nur dann entsteht, wenn es schon spät ist und die Reife der Nacht alle Angelegenheiten des Tages tilgt.

Valentin muss einen Witz gemacht haben, meint Emma nur und knabbert an ihren Pommes.

Hat er nicht, behauptet Sophie mit Burgersauce im Gesicht, er denkt vielleicht, dass er freundlicher zu dir sein soll, weil du die Freundin seines Bruders bist.

Er kann mich behandeln, wie er will, entgegnet Emma. Mir ist sein spöttisches Getue mittlerweile wirklich egal. Dabei lügt sie ein wenig, aber die Lüge ist so flink aus ihrem Mund gekommen, dass sie ihr gar nicht auffällt.

Ich würde mich freuen, wenn du kommst. Was soll ich denn mit Valentin und seinen Freunden den ganzen Abend lang reden?

Sophie ist Emmas einzige Freundin, die den Schulabschluss überdauert hat. Vielleicht ist es ein Charakteristikum der Jugend zu glauben, dass alles ewig währt und Freundschaften, die man in jungen Jahren knüpft, für immer sind. Vielleicht ist es aber auch die Sehnsucht nach dem Unendlichen und Absoluten in einem Alter, in dem man erst so wenig von der Welt weiß, dass man noch auf ihren natürlichen Lauf vertraut.

Emma verband mit den meisten aus ihrer Klasse nur eine oberflächliche Sympathie, die sich in der Regel von selbst einstellt, wenn man genügend Zeit im selben Raum verbringt. In Wahrheit hat sie die Heuchelei der anderen immer verabscheut: die tränenreichen Verabschiedungen vor den Sommerferien, als würde man sich erstens nie wieder sehen und als würde einen das zweitens auch wirklich stören. Sie versteht Menschen nicht, die Dingen nachtrauern, bevor sie sie verloren haben.

Bei der Abschlussfeier hat sie nichts von alldem getan. Sie ist einfach gegangen, ohne Tränen, ohne leere Versprechungen. Am nächsten Morgen hat sie alle Handynummern gelöscht, die sie mit Sicherheit nie wieder wählen würde. Es hat sich gut angefühlt. Als würde sie schwerwiegende Lasten auf die Müllhalde kippen. Sie wollte ein neues Kapitel in ihrem Leben beginnen.

Nur Sophie ist ihr geblieben.

Ja ja, ich komme, sagt Emma. Ich habe heute eh nichts Besseres vor.

Sehr schön. Sophie nickt zufrieden, fingert zwei Pommes aus Emmas Schachtel und schiebt sie sich zwischen die Zähne.

Was meinst du, steht mir das? Sophie hält sich ein blaues Oberteil vor ihren Körper. Emma weiß, dass diese Frage rhetorisch gemeint ist, denn wenn Sophie etwas gefällt, dann kauft sie es sich, und wenn nicht, dann lässt sie sich nicht überzeugen.

Sieht gut aus, antwortet Emma in möglichst neutralem Tonfall. Ihre Finger streifen über Kleiderhaken, die alle das gleiche dunkelgrüne Kleid tragen, nur in unterschiedlichen Größen. Sophie dreht sich vor dem Spiegel, und Emma sieht ihr dabei zu. Beobachtet ihre Bewegungen. Den schwingenden blonden Zopf. Die klirrenden Armreifen. Sophie mag das Geräusch. Sie fühle sich dadurch wie die Anführerin einer Herde.

Kuh- oder Ziegenherde?, hat Emma gefragt, weil das die ersten beiden Herdentiere waren, die ihr eingefallen sind.

Kuh, hat Sophie geantwortet und sich dann ein rotes Top mit einem aufgedruckten Bullenkopf gekauft, damit es zu keinen Verwechslungen käme. Ziegen meckern nur, hat sie gesagt, Kühe sehen alles viel entspannter.

Emma hat ihr erklärt, dass das Shirt ein Fanartikel der *Chicago Bulls* sei. Und dass jetzt alle denken würden, sie sei ein Basketballfan. Und ob ihr denn nicht aufgefallen sei, dass es im Onlineverkauf mit *Chicago Bulls* betitelt gewesen sei.

Sophie sagte: Doch. Aber sie dachte, das wäre so,

weil das Shirt aus Chicago komme und einen Bullen vorne drauf hätte.

Bis heute ist sich Emma nicht sicher, ob sie das ernst gemeint hat.

Jetzt hält Sophie sich einen karierten Rock vor die Hüfte. Emma fragt sich, wieso sie ihn nicht einfach anprobiert. Sie selbst hat heute noch nichts gekauft und hat das auch nicht vor. Stattdessen spielen ihre Finger mit den Kleiderhaken. Eines der grünen Kleider fällt hinunter, aber sie bemerkt es nicht. Ihr Blick haftet immer noch auf Sophie, die überlegt, welches Kleidungsstück es wirklich wert ist, sich aus ihrer engen Jeans herauszuschälen, um es anzuprobieren.

Ihre Blicke begegnen sich im Spiegel.

Ist was?, fragt Sophie.

Nein, nein, erwidert Emma rasch, hebt das Kleid auf, das vom Bügel gefallen ist, und wirft es Sophie zu. Probier das doch mal an.

Eine Freundin hat Emma einmal gefragt, ob sie und Sophie lesbisch seien – in flüsterndem Ton, obwohl weit und breit niemand zu sehen war –, weil sie sich fast immer nur zu zweit träfen. Emma war verunsichert, weil sie doch einen Freund hatte und das damals schon seit mehr als einem Jahr und Sophie zu dieser Zeit in ihrer On-off-Beziehung mit Valentin war.

Sie hat sich seitdem oft gefragt, ob andere dasselbe

von ihnen denken, und ärgerte sich darüber, dass jemand annehmen konnte, sie wären tatsächlich zusammen und würden daraus ein Geheimnis machen. Und außerdem versteht sie nicht, wieso alle immer gleich wissen wollen, mit wem man zusammen ist, als ob das so wichtig wäre.

Aber die Leute interessieren sich brennend dafür, wer wen liebt und warum und wie lange schon und wie lange noch. Und eigentlich ist die Sexualität von der persönlichsten Sache der Welt zur öffentlichsten geworden, zu einem Markenzeichen, das andere einem überstülpen wollen, weil es sie mehr beschäftigt als einen selbst.

Dass Emma und Sophie sich immer nur zu zweit treffen, hängt mit Emmas Abneigung gegen Gruppen zusammen. Sie verabscheut den Zwang, der sich ergibt, wenn zu viele Menschen zusammenkommen und sich als Einheit verstehen, dieses Gefühl, sich ständig die Aufmerksamkeit der anderen erkämpfen zu müssen, diese Veränderungen im Verhalten, wenn man Teil eines Kollektivs wird. Emma hatte nie den Eindruck, in einer Gruppe bei den anderen punkten zu können, dafür war sie immer zu wenig originell, zu wenig witzig, zu wenig rebellisch. Über die Themen, die sie beschäftigen, wurde in Gruppen nie geredet, weil eine gewisse Anzahl an Menschen automatisch einen Hang zur Oberflächlichkeit entwickelt.

Sophie hat ihr in all diesen Punkten harsch widersprochen. Das stimmt doch gar nicht, im Gegenteil, je mehr Leute zusammenkommen, desto lockerer ist die Stimmung, und man muss ja nicht gleich von Oberflächlichkeit reden, nur weil man Spaß hat.

Emma war neidisch auf Sophie, die so vieles konnte, das Emma nicht konnte, und diesen Zwang zur Anpassung nicht spürte, der Emma immer ergriff. Ihre Kritik erschien ihr plötzlich arrogant und lächerlich. Als würde sie sich damit nur einreden, dass es nicht an ihr läge, sondern an den anderen – ein perfekter Weg, um ihr Einzelgängertum zu rechtfertigen.

Du bist wirklich die beste Beratung, die es gibt, sagt Sophie glücklich und verstaut das dunkelgrüne Kleid in ihrer bereits angefüllten Einkaufstasche. Aber hätte ich wirklich nicht eine Nummer kleiner nehmen sollen?

Die Größe passt dir perfekt, erwidert Emma und sieht sich nach einem Toilettenzeichen um.

Aber bei der Taille war es doch etwas weit …

Dann bist du immerhin in dem Kleid nicht nur schön, sondern kannst auch etwas essen. Emma drückt Sophie ihre Jacke in die Hand. Warte mal kurz, ich muss auf die Toilette.

Sie lässt sich Zeit beim Händewaschen. Benutzt sogar die flüssige Seife aus dem Spender, was sie selten tut, weil sie die Konsistenz nicht mag. Nur um den Händetrockner macht sie einen großen Bogen, weil sie schon eine Gänsehaut bekommt, wenn sie sich dessen pfeifendes Blasen nur vorstellt. Wenn sie wie jetzt allein auf der Toilette ist, richtet sie sich noch ihre Haare und betrachtet ihr Gesicht im Spiegel. Dunkelbraune Naturlocken, vereinzelte Sommersprossen. Die blauen Augen ihrer Mutter. Ein Blau, das fast jeder hat und daher niemandem auffällt.

Sie muss an damals denken. An diesen einen Moment. Unangekündigt schiebt sich die Erinnerung vor ihr Spiegelbild. Aber eigentlich war sie schon die ganze Zeit da. Vorhin beim Burgeressen, dann bei den Umkleidekabinen. Sie kann es einfach nicht ausklammern. Je mehr sie versucht, es zu vergessen, desto stärker drängt es sich ihr auf. Jeden Abend im Bett hört sie diese Worte.

Sie verlässt die Toilette. Ihr Spiegelbild eilt ihr nach.

Alles okay?, fragt Sophie.

Was soll los sein?, fragt Emma zurück und setzt ein Lächeln auf.

Nichts, du hast nur so ein bedrücktes Gesicht gemacht, als du aus dem Klo gekommen bist.

So sehe ich aus, wenn ich meine Gesichtsmuskeln entspanne, entgegnet Emma.

Der Wind schmeckt trotz des nahenden Frühlings nach Winterluft, als sie die Shopping-Mall verlassen. Im Auto sucht Sophie nach dem Aux-Kabel für die Musik, das Emma vorhin im Handschuhfach verstaut hat, weil sie weiß, dass Sophie es sonst nicht finden wird. Sie gibt das Kabel nie ins Handschuhfach, sondern lässt es immer am Boden herumkugeln, wo man es dann erst recht nicht findet und auch noch darauf steigt.

Warte, Sophie, hier ist es, sagt Emma, als ihre Freundin sich gerade über die Mittelkonsole nach hinten beugt und die hinteren Sitze absucht.

Sophie schnappt sich das Kabel mit einem vernichtenden Blick und beschwert sich beim Verlassen des Parkplatzes über Menschen, die sich einbilden, Ordnung in anderer Menschen Unordnung bringen zu müssen.

Emma wendet den Blick von ihrer Freundin ab, als sich etwas ihren Brustkorb hochwölbt. Erst auf der Autobahn erkennt sie, dass es Angst ist. Angst davor, was passieren kann, wenn sie das Thema zur Sprache bringt, und Angst davor, was mit ihr selbst passiert, wenn sie es nicht tut.

Sie schluckt ihre Angst hinunter, wie sie es immer tut, und spielt das Spiel weiter, das nicht als Spiel begonnen, sich aber Schritt für Schritt zu einem entwickelt hat. Das Spiel einer Freundschaft, die längst nicht mehr so aufrichtig ist, wie sie es einmal war. Ein Spiel, von dem nur eine der beiden Spielenden weiß, dass es eines ist.

Eine Mahnung:
Wenn das Aufwachsen
zur Ausrede wird.

Emmas Vater

Seine zukünftige Frau traf er zum ersten Mal mit siebzehn Jahren bei einem Grillfest. Das Fest fand im Garten statt, in der prallen Augustsonne. Seine Mutter stand am Grill, und sein Vater mischte die Saucen zusammen, während er – im typischen Alter der Verweigerung – nichts tat und bereits an einem der Biertische saß. In stiller Übereinkunft hatten ihre Eltern die Kinder zusammengesetzt.

Sie saß ihm direkt gegenüber. Daneben ihre jüngere Schwester, die ihn durchgehend anstarrte. Gabel und Messer hantierten wie selbstständig, schnitten, spießten auf, zerquetschten, schoben in den Mund, quietschten am Teller, als führten sie ein Eigenleben. Erst als er begann, Grimassen zu schneiden, wandte sie sich von ihm ab und flüsterte ihrer Schwester etwas ins Ohr.

Die Mädchen trennte ein Altersunterschied von vier Jahren, aber ihre Mutter wollte diesen allem Anschein nach nicht wahrhaben. Beide hatten glattes, braunes, langes Haar, glatte, braune, bis zum höchsten Punkt der Augenbrauen reichende Stirnfransen, die so aussahen, als hätte ihre Mutter sie selbst geschnitten, sowie einen kleinen Einschnitt in der ansonsten linealgeraden Linie der Haarspitzen. Er rätselte den ganzen Nachmittag, ob dies vielleicht das Resultat einer kleinen Rebellion der Töchter war, die sich gegen das Haareschneiden der Mutter aufgelehnt hatten.

Ihm gefiel die Vorstellung.

Was ihm am stärksten in Erinnerung geblieben ist, war die Art, wie sie aß. Sie machte kein Geräusch beim Essen, patzte nicht, schmatzte nicht, schlürfte kein einziges Mal, hatte nie die Ellenbogen auf der Tischplatte, nahm sich nichts mit den Händen, sprach nicht mit vollem Mund – was nicht sonderlich schwierig war, da sie gar nichts sprach –, zerknüllte ihre Serviette nicht, sondern hatte sie auf ihrem Schoß ausgebreitet, hatte keine fettigen Finger und nie einen Tupfer Sauce in den Mundwinkeln. Ihr Essen hatte etwas Mechanisches an sich: der Unterkiefer ein Mahlstein, die Speiseröhre ein Fließband, die Lippen ein sich nur flüchtig öffnendes halbmondförmiges Tor in eine organische Verarbeitung von Lebensmitteln.

Er brachte kaum einen Bissen hinunter.

Das nächste Mal liefen sie sich im städtischen Freibad über den Weg. Nachdem er zwei Stunden lang so getan hatte, als kenne er sie nicht, brachte er endlich den Mut auf, sie beim Eisstand lässig und wie nebenbei zu grüßen, woraufhin sie ihn freundlich auf einen Eisbecher einlud. Er schob die in sein Gesicht kriechende Röte der Sonne zu.

Das Gespräch entwickelte sich nur stockend. Er hatte zu viele Worte im Mund, um sie auszusprechen, sie zu wenige. Irgendwann beschloss er, es mit normalem Small Talk zu versuchen, und fragte sie nach ihren Plänen nach der Schule. Wie auf Knopfdruck blühte sie auf. Sie redete und redete und je länger sie redete, desto unwichtiger kam er sich vor, obwohl sie ihn die ganze Zeit über ansah.

Das Eis schmolz in ihrem Becher, während sie ihm ihre Pläne darlegte, die erschreckend detailliert waren. Sie wolle unbedingt früh heiraten und Kinder bekommen, am besten zwei, aber nicht studieren, weil sich dann die gesamte Lebensplanung verzögere, sie wolle nämlich keine alte Mutter werden. Sie würde gleich zu arbeiten anfangen, um unabhängig zu werden und sich eine Wohnung leisten zu können.

Irgendwann verlor das Schirmchen seinen Halt und versank im Sonnenmatsch des Bechers. Das war ungefähr zu dem Zeitpunkt, als sie ihm erklärte, was ihrer Meinung nach zu einem erfüllten Leben alles dazugehöre. Neben ihren Träumen kam er sich klein vor.

Eine Beobachtung: Die Kluft an der Türschwelle – ein kleiner Riss im Universum. Eine Barriere, die man nicht sieht und die dadurch umso größer ist.

Emma

Valentin empfängt Sophie mit offenen Armen und einem breiten Grinsen, die dunkelblonden Haare mit einem Gummi zurückgebunden, ein hellblaues T-Shirt mit V-Ausschnitt, dazu seine Jeans, die er immer trägt.

Heute habe ich für euch gekocht, sagt er, als er Emma im Türrahmen stehen sieht, eine Verbeugung vor ihr andeutend. Sie nennt ihn bloß einen Lügner und begrüßt seine Mutter, die in der Küche mit dampfenden Töpfen und Pfannen hantiert und sich mit Backhandschuhen bewaffnet daranmacht, eine Auflaufform aus dem Ofen zu holen.

Die Freunde von Valentin haben nur ein flüchtiges *Hi* für Emma übrig, so sehr sind sie in ein Gespräch vertieft. Sie lässt ihren Blick durch das Zimmer schweifen, über die Bilder an den rot und cremefarben gestrichenen Wänden, die keine Kunstwerke französischer Impressionisten sind wie die in der Wohnung ihrer Eltern, sondern Familienfotos, was dem Esszimmer etwas Gemütliches und Warmes verleiht, während die Landschaftsstudien daheim den Eindruck eines Museums erwecken.

Sie kennt dieses Haus mittlerweile sehr gut. Fremden stellt Georgs und Valentins Mutter Emma oft scherzhaft als ihre Adoptivtochter vor, und manchmal hat Emma wirklich das Gefühl, sie sei ihr die Tochter, die sie nie hatte.

Noch häufiger allerdings stellt sie fest, dass sie selbst Georgs Familie als eine Ersatzfamilie betrachtet, die Art von Familie, die nach dem Abendessen noch am Tisch sitzen bleibt, bei der im Frühling gemeinsam im Garten gearbeitet wird und Spieleabende stattfinden, weil die Eltern nicht lockerlassen. Sie erinnert sich an vergangenes Ostern, wo sie die grünen Ostereier nicht gefunden haben, die Georgs Mutter im Gras versteckt hat, bis Georg auf eines getreten ist, an die letzte Urlaubsplanung, bei der wie immer lautstark über Destinationen, Reisezeiten und Ausflugsziele diskutiert und gestritten wurde, und an den gemeinsamen Urlaub im Juli, der dann doch woanders hinging als geplant.

Emma mag Georgs Familie, und Georgs Familie mag Emma. Sie weiß, dass alle denken, sie werde Georg eines Tages heiraten, mit ihm Kinder bekommen, und sie werden glücklich werden, weil sie so gut zusammenpassen, und ihre Kinder werden auch glücklich werden, weil die Eltern glücklich sind. Emma ist schon so stark in die Familie integriert, dass es absurd wäre, sie irgendwann wieder herauszuschneiden und das Loch mit jemand anderem zu stopfen.

Manchmal fragt sie sich, ob sich Georg dessen auch bewusst ist und wie er darüber denkt. Sie fragt sich dann, ob seine Familie vielleicht die stärkste Kraft ist, die sie zusammenhält. Und ob das denn schlimm wäre.

Sie starrt auf die Familienfotos. Von fast jedem lacht ihr Georg entgegen: Georg als haarloses Baby, Georg als Kind, Georg als Jugendlicher, Georg mit Emma im Arm, Georg mit Valentin und den vier Halbgeschwistern, Georg als Pate seiner Nichte auf deren Taufe, Georg bei seiner Hochzeit mit Emma, Georg und Emma im Urlaub, Georg mit der schwangeren Emma und einem Ultraschallfoto, Georg und Emma mit zwei Kindern, die seine hellen Haare haben, obwohl sie doch immer eine Tochter wollte, die ihre dunkelbraunen Locken erbt.

Gerade als Sophie aufstehen und auf die Toilette gehen will, betritt Valentin knapp hinter ihr den Raum. Er legt ihr einen Arm um die Schultern und will sie zu dem Platz neben seinem führen, aber sie schüttelt seinen Arm ab und bückt sich unter ihm durch. Für einen Moment steht er da, als fehle ihm ein Stück, und in der Luft liegt der Geschmack bitterer Enttäuschung.

Sophie hat ihn auf Georgs Abschiedsparty abserviert, aus Gründen, die Emma – und seinem Verhalten nach auch Valentin selbst – nicht kennt.

Er ist mir eben zu kindisch, war das Einzige, das Sophie nach der Trennung zu Emma gesagt hat. Aber richtig glücklich wirkte sie auch nicht dabei.

Emma war noch nie so lange auf einer Party geblieben wie auf dieser, aber um fünf Uhr morgens saß sie immer noch mit Georg auf der Veranda und ihre Augen brannten, ob wegen der Müdigkeit oder der Tatsache, dass Georg am übernächsten Tag abreisen würde, konnte sie nicht sagen.

Als sie schließlich ins Haus wankte, um sich doch noch ein paar Stunden hinzulegen, traf sie auf eine heulende Sophie im Wohnzimmer. Damals schob sie es auf die Trennung. Heute weiß sie, dass sie falschlag.

Einen Tag später stieg Georg ins Flugzeug nach London, und Emma blieb mit einer Familie zurück, die eines Tages ihre Schwiegerfamilie werden würde und nicht ahnen konnte, was für eine Mutlosigkeit sich in diesem Moment in ihr ausbreitete. Sie floh auf die Toilette, um allein zu sein, und in der schmutzigen Kabine auf dem heruntergeklappten Deckel sitzend, wuchs in ihrem Inneren ein vollkommen neues Gefühl heran, das sie in den nächsten Monaten nicht mehr loslassen sollte: die Angst, dass Georg nicht so zurückkommen würde, wie er gegangen war, und sie bei seiner Rückkehr nicht mehr die sein würde, die er zurückgelassen hatte.

Valentin ist in ein Gespräch mit seinen Freunden vertieft, Emma hört ihnen nicht zu. Sie wünscht sich plötzlich ganz weit weg, weg von diesen Menschen, hinaus aus diesem Esszimmer, aus diesem Haus, und sie fragt sich, warum sie genau heute Abend hier mit Leuten an einem Tisch sitzt, die sie großteils kaum kennt. Warum sie die Einladung nicht einfach abgelehnt hat.

Etwas zieht in ihrer Brust. Fernweh hat sie dieses Gefühl immer genannt und Reisepläne geschmiedet, aber jetzt wird ihr klar, dass es mehr eine Sehnsucht nach anderen Welten ist.

Als Kind wollte sie zu den Sternen reisen, wovon wohl die meisten Kinder träumen, wenn sie die funkelnden Punkte auf der schwarzen Himmelswölbung betrachten, und sie überlegt, wann diese Sehnsucht nach den Sternen bei ihr aufgehört hat und warum sie bei jedem Menschen irgendwann aufhört, aufhören muss, und ob es nicht genau das ist, was sie in ihrer Brustgegend spürt, und ob sie nicht eigentlich bei ihren Eltern sein sollte, am Geburtstag ihrer Mutter.

Sie mag den Abend mehr als den Morgen, es gefällt ihr, wenn sich der Tag abrundet und dem Ende zuneigt. Der Abend gehört der Fantasie und dem Träumen.

In der Nacht erhebt sich alles, was am Morgen als runzelige Frucht auf ihrer Handfläche liegt.

Aber die Angst ist trotzdem da – nachts.

An Abenden, an denen sie allein ist, dreht sie die Musik laut auf, um ihre Ängste nicht zu hören. Sogar das Schleudern der Waschmaschine oder das Aufspringen des Geschirrspülers klingen ab einer gewissen Stunde schaurig.

Sie kauert dann unter ihrer Bettdecke wie ein Kind und traut sich minutenlang nicht, das Licht anzudrehen.

Vielleicht wird sie paranoid, vielleicht wird sie verrückt, wenn sie zu lange allein ist. Sie hat immer gewusst, dass sie Einsamkeit hasst, aber das Ausmaß dieser Abneigung hat sie dann doch überrascht. Am schlimmsten ist nicht das Alleinsein selbst, sondern die Angst davor. Als Kind konnte sie nicht allein sein, weil ihr sofort langweilig wurde. Später, weil sie so viel beschäftigt hat, dass sie Ablenkung von sich selbst brauchte. Ihre größte Angst ist, eines Tages aufzuwachen und nur noch sich selbst übrig zu haben.

Emma findet erst beim Hauptgang in das Gespräch hinein. Eine Studienfreundin von Valentin erzählt gerade von einer Fachhochschule, die ihre Schwester besucht und an deren Hausmauer man zu Ehren eines Dichters vor vielen Jahren eines seiner Gedichte gepinselt hat. Es handle von Frauen, die mit Blumen und

Alleen verglichen würden. Sie finde zwar, dass es ein schönes Gedicht sei und dass der Dichter etwas von seinem Handwerk verstehe, aber es sei sehr unpassend, dieses Gedicht ausgerechnet auf die Mauer einer Bildungseinrichtung zu schreiben, die von einer Frauenrechtlerin gegründet worden sei. Es habe deswegen auch einen Aufruhr gegeben. Ein paar Studentinnen hätten gegen dieses ihnen zufolge misogyne Gedicht protestiert, bis es ein paar Jahre später tatsächlich durch ein anderes Gedicht ersetzt wurde.

Bevor sie weiterreden kann, wird sie von Valentin unterbrochen, der sich nach vorne beugt und die Hände hebt, als gehe ihm das alles zu schnell. Moment, sagt er, ich kann dir gerade nicht folgen, ich habe irgendwas verpasst, klärt mich doch mal auf, was ist euer Problem mit dem Gedicht?

Emma schnaubt leise, während die Studienkollegin antwortet, dass es doch ganz offenkundig sexistisch sei und eine Frau auf ein Objekt reduziere, wie Blumen, als wären wir bloß eine Sache, hübsch anzusehen, aber das sei es auch schon. Und das ausgerechnet …

Da unterbricht er sie erneut, die Ellenbogen auf die Tischplatte gestemmt und die Stirn in Falten gelegt, er erinnere sich jetzt, die Debatte ging ja durch alle Medien. Sexistisch findest du das also, wiederholt er, was wäre denn dein Lösungsvorschlag?

Das Gedicht zu übermalen natürlich, sagt Emma unwirsch, damit die arme Frau nicht alles wiederholen muss, nur weil Valentin nicht zuhören kann, ein anderes Gedicht an seine Stelle setzen, so wie es getan wurde, das ist doch klar.

Valentin lacht und lehnt sich zurück, verschränkt die Arme vor der Brust und blickt sie herausfordernd an, alles an seiner Haltung strotzt nur so von unangebrachtem Stolz, ja, das habe auch in der Zeitung gestanden, und er hätte schon damals nicht verstanden, wieso …

Emma fällt ihm ins Wort, wenn er das kann, dann kann sie das auch, genervt sein, Augenrollen, bitte schön, das volle Programm. Wie könne er das nicht verstehen, er sei doch kein Sexist und es sei doch logisch, dass …

Weißt du, sagt Valentin, dass du genau mit dieser Haltung den Sexismus *unterstützt*?

Er hält kurz inne, aber niemand füllt die Pause mit einer Entgegnung, niemand hat mit dieser Äußerung gerechnet, diesem Angriff, der jetzt nur gegen Emma gerichtet scheint, obwohl sie das Thema nicht einmal angeschnitten hat, obwohl es die andere Frau war, die Valentin aber nicht mehr beachtet. Er sieht nur Emma an, und ihre Brauen wandern in einer schnellen Bewegung nach oben.

Was sind schon ein paar Zeilen, fährt er fort, sie sind gar nichts, sie bestehen aus trockenen Buchstaben, die

Sinn ergeben oder auch nicht, aber weißt du, warum ein paar Zeilen so weltbewegend sein können? Weil wir ihnen Bedeutung verleihen. Weil ich mit jedem Wort, das ich lese, tausend andere Wörter, Gefühle, Erinnerungen verbinde. Ich lese ein Wort und im nächsten Moment ist es kein Wort mehr, es ist eine Welt für sich. Und wenn du diesen Zeilen Sexismus vorwirfst, dann bewirkst du damit erst, dass sie sexistisch interpretiert werden, man kann alles sexistisch interpretieren, wenn man es darauf anlegt. Und du als Frau denkst bei einem Gedicht über Blumen und Frauen sofort an die Objektifizierung der Frau. Aber erst indem du das denkst, erhalten die Zeilen überhaupt diese Bedeutung. Und Sexismus gäbe es längst nicht mehr, wenn ihr Frauen nicht andauernd den Zeigefinger heben und darauf hinweisen würdet. Und gerade dann, wenn dieses Gedicht vielleicht bei gewissen Menschen noch solche Assoziationen hervorruft, ist es unsere Aufgabe, dem entgegenzuwirken, indem wir diese Gedichte einfach nicht so lesen.

Es reicht, Valentin, sagt seine Mutter, die plötzlich hinter Emma steht, siehst du das nicht, sie zittert ja schon richtig.

Aber das stimmt nicht. Sie zittert nicht. Sie spürt bloß eine solche Wut in sich aufsteigen, dass sie nicht weiß, wie sie mit ihr umgehen soll. Eine destruktive, zerstörerische Wut. Eine Wut jener Art, bei der man etwas auf das Gegenüber werfen möchte. Keine Wut, die sich unmittelbar auf Valentins Worte richtet, sie weiß doch, dass er ein komischer Kerl ist mit komischen Meinungen und selbstherrlich noch dazu und arrogant bis zum Gehtnichtmehr und auch nicht über alle Maßen intelligent. Und Männern, die behaupten, es gäbe keinen Sexismus mehr, aber Frauen ständig ins Wort fallen, schenkt sie ohnehin keine Aufmerksamkeit.

Vielmehr bezieht sich ihre Wut darauf, dass er nur noch mit ihr gesprochen hat, als wären sie die einzigen zwei Menschen in diesem Raum. Und als wäre es ganz allein ihre Schuld, dass es dieses Gedicht gebe, dass man es an die Mauer geschrieben habe, dass sich Menschen darüber beschwert hätten und es schließlich übermalt wurde. Er hat kein Recht dazu, Schuld auf sie abzuwälzen. Oder ihr auch nur das Gefühl zu geben, dass es ihre Schuld sei.

Die anderen schweigen und sehen sie beide an, sie und Valentin, der sie mit zusammengekniffenen Augen betrachtet, als sei er ein Forscher und sie sein Experiment, auf dessen Ausgang er gespannt warte. Wieder dieser selbstsichere Zug um die Mundwinkel. Die typische Haltung einer Person, die weiß, dass sie aufgrund ihrer intellektuellen Unterlegenheit die besseren Argumente haben wird, weil es immer leichter ist, Volksweisheiten nachzuplappern, als die Gegenbeweise zu liefern. Sie weiß nicht, wie sie reagieren soll. Sie fühlt sich entblößt und beschämt, obwohl es genau umgekehrt sein sollte, er sollte sich so fühlen. Aber die Welt ist ungerecht, denkt sie, diejenigen, die sich schämen müssten, tun es nie.

Sophie legt ihre Hand auf Emmas Unterarm. Ein tröstender Blick, ein Augenrollen, als wolle sie sagen: Valentin ist ein Idiot, ein hoffnungsloser Fall, reif für die Klapse, vergiss ihn einfach. Er und seine Meinungen werden die Welt nicht verändern, also sollen sie auch Emma nicht beeinflussen.

Aber Emma fragt sich, wieso es überhaupt Menschen wie Valentin gibt, die sich das Recht nehmen, andere niederzureden, sie sprachlos wütend zu machen. Sie würde so etwas nie tun, es käme ihr nicht in den Sinn, so viel Redezeit zu beanspruchen, so völlig empathielos zu sein. Allerdings weiß sie auch, dass die Gesellschaft Valentin nicht sagen wird, wie unreif und lächerlich er sich gerade aufführt, weil er nur einer von vielen Menschen ist, die genauso sind wie er und auch noch glauben, sie seien allen anderen überlegen. Sie könnte das hier und jetzt ändern und ihm all das ins Gesicht sagen, was sie sich schon so lange denkt. Dass er kein Recht hat, sie immer so spöttisch anzusehen. Dass er ihr dauernd das Gefühl gibt, etwas passe nicht mit ihr. Dass es ihm nicht zusteht, sie ständig zu kritisieren, und sei es nur durch seinen Blick. Fast sind die Worte da.

Die anderen haben bereits zu ihren Löffeln gegriffen

und machen sich über die Nachspeise her. Sophie plaudert leise mit ihrem Tischnachbarn, und Valentins Mutter summt in der Küche eine Melodie aus *Aida*.

Niemand bemerkt, was mit ihr los ist. Niemand beachtet sie mehr, nicht einmal Valentin.

In dem Moment, in dem ihr klar wird, dass alle stillschweigend zu einem anderen Thema übergegangen sind und Valentins Verhalten nicht gemaßregelt wird, dass er wieder ungeschoren davonkommt und er vielleicht genau wegen dieser fehlenden Kritik eines Tages Chef einer Firma werden wird, der junge Bewerberinnen genau durch solche Reden einschüchtert und der immer erst mal argumentieren muss, bevor er eingesteht, dass andere Menschen Probleme haben, die er selbst nicht hat – in diesem Moment weiß sie, dass ihr nichts davon über die Lippen kommen wird.

Und deshalb schlingt sie die Nachspeise hinunter, steht auf, verabschiedet sich wortlos von Sophie, dann von Valentins Mutter. Ihn selbst sieht sie nicht mehr an. Sie geht in den Vorraum, seinen Blick im Rücken, der irgendwo zwischen ihren Schulterblättern sticht und bohrt, und jetzt wird ihr Gesicht endlich heiß und ihre Finger beginnen zu zittern. Wie fremdgesteuert schlüpft sie in ihre Schuhe, greift nach Tasche und Mantel und verlässt das Haus, den gedämpften Klang der einrastenden Tür noch lange in den Ohren.

Eine Erinnerung: Es gab eine Zeit, als überall noch Worte waren, die man einfangen konnte mit einem Schmetterlingsnetz.

Emmas Mutter

Ein Blitz zerbirst den Himmel, während sie das Obst wäscht. Vier Nektarinen, zwei Äpfel, drei Birnen, eine Banane. Der frühherbstliche Regen entlädt sich prasselnd auf das Dach des Wohnhauses, die einzelnen Tropfen platzen auf dem Balkongeländer und zerspringen in feinen Sprühregen. Die Pflanzen auf dem Balkon beugen sich unter dem Druck des Wassers. Die zwei Gartenstühle saugen sich mit dem Wasser voll, bis ihr Holz um einige Nuancen dunkler geworden ist.

Wasser verändert Farben. Wasser kann etwas zu Boden drücken. Wasser kann etwas in die Höhe heben. Verschiedene Wassergeräusche vermengen sich: Regenwasser, Spülwasser, Trinkwasser, Duschwasser. Ihr Mann ist wohl gerade im Bad.

Sie vermischt die klein geschnittenen Obstwürfel in einer großen Schüssel, träufelt Zitronensaft darüber und stellt sie auf den Küchentisch. Der heutige Tag hat vergleichsweise gut angefangen, weshalb sie nun fürchtet, dass er nur schlechter werden kann. Sie fragt sich, wann sie das Vertrauen in sich selbst verloren hat. Wann sie begonnen hat, sich vor ihren Stimmungsschwankungen zu fürchten. War es noch vor dem Frühjahr? Oder erst danach?

Früher ist sie eine Lebenskünstlerin gewesen, ein junges Mädchen, das wusste, was es wollte, und das den natürlichen Lauf des Lebens immer durch seine Pläne zu beeinflussen suchte. Womöglich lag darin das Problem. Manchmal muss man Dinge einfach in Ruhe lassen, damit sie so werden, wie man sie gerne hätte, das hat sie mittlerweile gelernt. Und vielleicht hat sie das Vertrauen in sich selbst ja mit dem Vertrauen in die Welt verloren.

Sie stützt sich am Tisch ab und lässt den Tränen freien Lauf. Wasser kann auch heilen.

Vor ein paar Jahren stand sie auf einer Lichtung im Wald. Sie breitete die Arme aus und drehte sich. Immer schneller drehte sie sich um die eigene Achse, bis Tannen und Wiesen sich in eine schemenhafte grüne Masse verwandelten. Himmel und Erde wurden zu Wirbeln, die ihr das Gefühl für oben und unten nahmen und sie in ihren betäubenden Sog einlullten. Sie fühlte sich, als wäre die Welt zu Eis erstarrt und nur sie allein würde sich weiterdrehen. Sie war das Zentrum eines stillstehenden Universums. Und in diesem Stillstand fühlte sie sich lebendig.

Schon als Kind hat sie die Einsamkeit gesucht, wenn ihr das Leben zu viel, zu bunt und zu schnell wurde. Wenn sie in einem Raum voller Menschen steht, die ihr zu laut und zu grob vorkommen, fühlt sie dieses Ziehen in sich, als würde sich ihre Haut auflösen und zerfransen wie die Enden eines Teppichs. Und trotzdem fühlt sie sich festgezurrt, eingeengt und gefangen. Manchmal denkt sie dann an Nietzsche, der gesagt hat, dass wir uns in der Natur deshalb so wohlfühlen, weil sie kein Urteil über uns fällt.

Das mag stimmen, aber bewerten und verurteilen wir uns nicht in jenen Momenten am stärksten, wenn wir ganz auf uns selbst zurückgeworfen sind? Sie läuft gerne vor sich selbst weg, aber irgendwann hat sie gemerkt, dass man damit nur gegen Wände anrennt.

Das erste Date war ein Herantasten gewesen. An den anderen, und an sich selbst. Ein Abgleichen der Gedankenwelten, der Lebensentwürfe. Der erste zaghafte Versuch, auf einer Wellenlänge zu sein.

Zukunftspläne, wiederholte er lachend. Nein, so etwas habe ich nicht. Ich schaue mal, was auf mich zukommt. Und sind Zukunftspläne nicht eine Zeitverschwendung?

So habe ich das noch nie betrachtet, murmelte sie.

Ist doch so, entgegnete er. Wenn man zu viele Pläne

schmiedet, zieht das Leben an einem vorbei. Und dann könnte man eines Tages das Gefühl haben, als ob man das eigene Leben verpasst hätte.

Sie biss sich auf die Unterlippe und schüttelte den Kopf. Wie kann man denn sein Leben verpassen?

Es ist möglich. Meine Mutter zum Beispiel. Sie hat ihr Leben damit verbracht, nur daran zu denken, was alle anderen brauchen. Jetzt ist meine Großmutter gestorben, und sie hat einen Pflegefall weniger. Aber alte Gewohnheiten wird man nur schwer los und deshalb hat sie immer noch keine ruhige Minute für sich. Sie begreift nicht, dass es im Leben auch um sie gehen darf.

Das tut mir leid, sagte sie. Das mit deiner Großmutter. Und deiner Mutter natürlich auch.

Natürlich, wiederholte er lächelnd, für die meisten ist es nicht natürlich, jemanden zu bemitleiden, der an seinem Unglück scheinbar selbst schuld ist. Alle haben meiner Mutter immer das Gefühl gegeben, wenn sie unglücklich ist, muss sie nur ihr Leben ändern. Doch das geht nicht so einfach.

Das wusste ich nicht, murmelte sie, deine Mutter hat so selbstsicher gewirkt. Und auch fröhlich.

Er zuckte mit den Schultern. Die Menschen haben ein Problem mit psychischen Krankheiten. Sie können sie nicht sehen und reden sich ein, dass sich die Leute das selbst zuzuschreiben haben.

Das glaube ich nicht, meinte sie.

Ihr redet vielleicht über so etwas, entgegnete er, aber in unserer Familie interessiert sich niemand dafür, wie es meiner Mutter wirklich geht.

Interessiert es dich?

Ein schmerzlicher Zug bildete sich in seinem Mundwinkel. Es hat mich wohl nie interessiert.

Als Kind nicht, sagte sie, aber jetzt?

Er schwieg. Ich habe nie gelernt, mich für sie zu interessieren, sagte er schließlich. Das mag hart klingen. Aber bei uns hat sich nie jemand gekümmert. Um die anderen nicht, um sich selbst nicht. Tut mir leid, wenn das asozial klingt.

Es klingt traurig, sagte sie.

Das ist es auch.

Er sah sie an.

Aber so habe ich es noch nie betrachtet.

In ihrem ersten Urlaub zu zweit haben sie ein Ritual entwickelt. Bei Sonnenuntergang, als der Strand sich langsam leerte, suchten sie sich eine Stelle nah am Wasser und bauten eine Sandburg. In der Dunkelheit gingen sie dann Hand in Hand zurück ins Appartement. Am nächsten Morgen, wenn die ersten Badegäste eintreffen würden, hätte die Flut die Burg bereits weggespült oder die Strandarbeiter sie flachgewalzt. Aber das machte nichts. Es genügte, neben ihm zu sitzen, die Hände im feuchten Abendsand zu vergraben und gemeinsam etwas zu bauen, das genauso vergänglich war wie sie selbst.

Sie klappt das Heft zu. Als sie sich aufrichtet, merkt sie an ihrem erstarrten Rücken, wie viel Zeit vergangen sein muss. Ihre Wirbel knacken. Ein Blick auf die Armbanduhr bestätigt ihr, dass sie länger als drei Stunden in ihrem Zimmer gewesen ist und seit Langem wieder einmal Tagebuch geschrieben hat. Ohne Struktur und Plan, ohne Vorsätze und Ideen, wie früher. Einfach nur aus dem Bauch heraus.

Was sich auf dem Papier zu Worten geformt hat, sind hauptsächlich Erinnerungen an ihre Jugend und an sich und ihren Mann. Sie fragt sich, wie lange sie schreiben muss, bis sie auch Erinnerungen an *sie* zulässt. Oder ob sie es wieder abbrechen wird, noch bevor es dazu kommen kann.

Sie spürt dieses wohlige Kribbeln in ihren Gliedmaßen, das sie immer empfunden hat, wenn sie etwas getan hat, auf das sie stolz gewesen ist. Sie lässt das Gefühl zu, auch wenn sie es mit einer Spur Argwohn beäugt. Sie weiß: Es dauert, bis man sich selbst wieder spürt.

An den Wochenenden frühstücken sie und ihr Mann eigentlich immer gemeinsam, aber jetzt ist es schon fast Mittag. Sie wird das Zimmer verlassen und nachsehen, was er macht. Vielleicht erzählt sie ihm von dem Tagebuch, vielleicht bleibt es aber auch vorerst ihr Geheimnis.

Der Wind wirft immer noch Regentropfen an das Fenster, während sie das Heft in der Schublade verstaut. Aber nun nicht mehr hektisch und trommelnd, sondern taktvoll und dynamisch, als folge er einem unhörbaren Rhythmus.

Eine Frage: Gibt es Räume,
die noch nicht
verbaut sind mit Ideen?

Emmas Vater

Als Kind wohnte er im Haus seiner Großeltern. Besonders die Großmutter ist ihm in Erinnerung geblieben. Sie war fast blind, behauptete aber nichtsdestotrotz, das Treiben auf der Straße besser im Blick zu haben als alle anderen.

Ihre prägenden Charakterzüge waren ihre Geldbesessenheit und ihre Machtausübung in der Familie. Sie herrschte über jeden, der im Haus ein- und ausging, und nahm sich sogar die Freiheit, die Finanzen ihrer Schwiegertochter zu verwalten. Sie waren nicht arm, trotzdem drehte die Großmutter jede Münze einmal um, bevor die anderen sie ausgeben durften. Sie selbst brauchte nicht viel und verlangte von der gesamten Familie dieselbe Sparsamkeit.

Wenn ihr etwas gegen den Strich ging – was mehrmals täglich vorkam –, musste die Schwiegertochter als Sündenbock herhalten. Dafür, dass sie ihr den Sohn weggenommen hatte. Dafür, dass sie zu wenig verdiente und sich zu wenig um die Schwiegereltern kümmerte. Und manchmal auch dafür, dass sie überhaupt arbeitete, obwohl sie doch drei Söhne hatte.

Mit zunehmendem Alter rückte sie immer weiter in die Vergangenheit ab. Sie redete von ihrem Bauernhof und den Tieren und der Ernte und ließ sich nicht davon überzeugen, dass es diesen Hof schon seit Jahrzehnten nicht mehr gab. Je schwächer sie wurde, desto dominanter versuchte sie zu sein. Vielleicht spürte sie ihr eigenes Ablaufdatum. Sie klammerte sich an das, was gewesen war, weil sie in dem, was kommen würde, keine Rolle mehr spielte.

Das erste eigene Konto hatte das Ende seiner Jugend markiert. Die Briefe von der Bank hatten ihn frustriert und verärgert, weil er sich nicht dazu bereit fühlte, sich selbst mit solchen Dingen zu beschäftigen. Er konnte plötzlich nachvollziehen, warum so viele Erwachsene von den Geschäften des täglichen Lebens eingenommen werden und keine Zeit und Kraft mehr für die Träume und Fantasien der Jugend finden. Zum ersten Mal ahnte er, dass nicht das ganze Leben so unbeschwert sein würde, wie es das bisher gewesen war, und dass eines Tages er die Rolle seiner Eltern würde einnehmen müssen. Er sah sich mit seiner zukünftigen Familie in den Urlaub fahren, seine schattengesichtige Frau am Beifahrersitz mit einer Karte auf dem Schoß, weil das Navi ständig den Satellitenempfang verlor, auf der Rückbank ihre zwei schattengesichtigen Kinder beim Musikhören, die inständig hofften, die Eltern würden sich noch eine Weile verfahren. Es war schließlich so gemütlich im Auto.

Die Vorstellung dieser ganz banalen Normalität hätte ihn aufheitern sollen, stattdessen erdrückte sie ihn mit ihrem Gewicht. Er war noch nicht dazu bereit, der Erwachsene zu sein. Er wollte hinten sitzen und über die Hitze nörgeln, mit seinen Brüdern streiten und sich nur darum kümmern, welche Stofftiere und Bücher mit in den Urlaub kämen, nicht darum, ob Sonnencreme und Reisepässe dabei waren und die Alarmanlage zu Hause aktiviert worden war.

Vieles fiel ihm erst im Rückblick auf, als es bereits zu spät war. Er hatte lange Zeit nicht mitbekommen, wie sehr seine Mutter unter der Herrschaft ihrer Schwiegermutter litt und wie selten sein Vater für sie Partei ergriff. Er musste erst eine eigene Familie haben, um zu begreifen, wie wenig zu Hause geredet wurde, wie egal sie einander alle waren, weil jeder zu sehr mit sich selbst beschäftigt war. Dabei konnte er seiner Mutter nicht einmal vorwerfen, dass sie sich nie nach den Träumen ihrer Söhne erkundigt hatte, denn schließlich hatte sie selbst keinen ihrer Träume leben können. Anerkennung bekam man in seiner Familie nur dann, wenn man eine Arbeit zufriedenstellend ausgeführt hatte. Es waren weniger die Menschen, die zählten, als die Rolle, die sie einnahmen. Jeder wusste, was von ihm erwartet wurde, und jeder akzeptierte, wie es war. Niemand griff nach den Sternen, weil niemand sie ihnen gezeigt hatte.

Erst als er seiner zukünftigen Frau begegnete, änderte sich etwas. Zum ersten Mal spürte er die Leere, die in den Wortwechseln mit seiner Familie hing, begegnete er Eltern, die mitten in der Nacht ins Auto stiegen, um ihre Töchter von einem Club abzuholen. Er nahm teil an langen Unterhaltungen, die um Zukunft, berufliche Möglichkeiten, private Probleme und Hoffnungen kreisten. Obwohl er sich am Anfang darüber lustig gemacht hatte, schätzte er nun eine Mutter, die ihren Töchtern die Stirnfransen schnitt. Er hatte sie als ein gefestigtes, behütetes Mädchen mit ambitionierten Plänen und Ideen kennengelernt, sie ihn als einen eher nachlässigen und widerspenstigen Jungen, mit dem man Spaß haben konnte.

Beide mussten bald feststellen, dass sie falschlagen.

Sie war nicht so gefestigt und ambitioniert, wie er gedacht hatte, er nicht so nachlässig und widerspenstig. Beide waren sie in gewisser Weise verloren. Vielleicht war das der Grund, warum sie ihr Leben lang so gut miteinander auskamen.

Er sitzt an seinem Schreibtisch und betrachtet das Hochzeitsfoto an der Wand. Fragt sich, was sie gerade macht, wieso sie ihr Zimmer seit Stunden nicht mehr verlassen hat. Er überlegt, ob er anklopfen soll, denn vielleicht weint sie wieder. Doch er hält in der Bewegung inne. Vielleicht braucht sie die Zeit für sich. Sie hätte sonst ja kaum die Tür geschlossen. Aber manchmal sind Türen genau deshalb geschlossen, um jemanden dazu zu bringen, sie zu öffnen.

Er lässt sich wieder zurück auf seinen Stuhl fallen. Warum hat gerade ihnen das passieren müssen? Er spürt einen Anflug von Verzweiflung und Wut in sich. Warum hatte genau ihr Leben von einem Tag auf den anderen so radikal auf den Kopf gestellt werden müssen?

Er weiß, dass es Zufall ist und keine göttliche Rache, kein Schicksal.

Vielleicht ist es an der Zeit, sich seinen eigenen Ängsten zu stellen, die den Sommer über untergegangen sind, weil er sich nur um seine Frau gekümmert hat. Es fiel ihm immer leichter, ihr zu helfen, als sich selbst zu verstehen.

Vielleicht ist die geschlossene Tür ein Zeichen, dass man sich zwar gegenseitig unterstützen und trösten kann, jeder Mensch jedoch für sich allein einen Weg finden muss, mit der Trauer und der Angst umzugehen. Einen Weg, auf dem ihn niemand begleiten kann, solange er ihn nicht selbst gefunden hat.

Eine Erinnerung: An das Kind, dem eines Tages bewusst wird, dass es sterben muss, irgendwann. Ein zu großer Gedanke für den kleinen Kopf.

Emma

Ihre Wohnung ist ein schwarzes Loch in einer lichtdurchfluteten Stadt. Sie wacht auf, und ihre Handyuhr zeigt fünf Uhr früh an. Erinnerungen kommen hoch. Hin und her wälzen auf der Matratze. Dieses komische Gefühl, dass man die Augen nicht schließen kann, weil es hinter den Lidern flimmert. Ihr Herz klopft zu laut, als dass sie wieder einschlafen könnte, und das schlechte Gewissen hängt über ihr wie ein vollgesogener Schwamm. Tropfen für Tropfen quillt es aus seinem gummiartigen Körper auf sie herab. Sie weiß, dass sie etwas gutzumachen hat. Sie hätte bei ihrer Mutter sein sollen. Gestern. An ihrem Geburtstag.

Sie versucht zu lesen, aber es funktioniert nicht. Also schlägt sie die Bettdecke zur Seite, geht zum Schreibtisch und fischt nach einem leeren Bogen Papier. Sie weiß, warum ich gestern nicht bei ihr war, versucht sie sich einzureden. Sie muss es wissen.

Kindlicher Trotz steigt in ihr auf.

Wenn du mich nicht lieb hast, habe ich dich auch nicht lieb.

Ihre Schutzfestung, die sie davor bewahrt, zu viel Mitgefühl für ihre Mutter zu empfinden oder zu streng mit ihr ins Gericht zu gehen. Jeder Mensch muss Grenzen ziehen. Sich vor anderen und dem, was sie in einem selbst auslösen, schützen.

Sie will ihr schreiben, irgendetwas zum Geburtstag. Ein paar nette Worte, die nicht zu hülsenhaft klingen, aber auch nicht zu intim. Das muss sie doch hinbekommen. Vermutlich ist es ein schlechtes Omen, eine Geburtstagskarte an jemanden zu schreiben, den man am Geburtstag nicht einmal angerufen hat.

Wie soll man eine Karte schreiben, wenn man schon bei der Anrede scheitert? *Mami* kann sie nicht schreiben, denn so nennt sie sie längst nicht mehr. *Mutter* klingt hingegen viel zu altmodisch und fremd. *Mama* wäre der perfekte Mittelweg, doch so hat sie ihre Mutter noch nie genannt. Aber was wäre, wenn sie jetzt zum ersten Mal *Mama* schreiben würde? Vielleicht wäre das ein Neuanfang für ihre Beziehung.

Die vier Buchstaben sehen krakelig aus wie bei einem Volksschulkind. Mama also.

Irgendwie schafft sie es in der nächsten halben Stunde den Brief zu schreiben. Er wird kürzer und stereotyper als erwartet und strotzt nur so von Phrasen, trotzdem findet sich dazwischen die eine oder andere

Wahrheit, der ein oder andere Versuch einer Annäherung.

Sie verpackt das Geschenk und verbringt eine Viertelstunde damit, aus ihrem Bastelfundus die perfekte Masche herauszusuchen. Als Geschenk und Karte auf dem Schreibtisch liegen, verspürt sie plötzlich eine unbändige Freude, die sie schon seit einiger Zeit nicht mehr empfunden hat. Es ist die Freude darüber, einem anderen Menschen etwas zu schenken. Das Gefühl, etwas zu tun, das ihre Mutter glücklich macht, und sei es auch nur für einen kurzen Moment. Allein ein Aufflackern in ihren Augen wäre die Mühe schon wert.

Sie läuft barfuß in die Küche und beginnt die Zutaten für einen Gugelhupf abzuwiegen. Sie dreht keine Musik auf, aber sie tanzt trotzdem. Es ist ein Tanzen, das von innen kommt und jeden ihrer Handgriffe beflügelt.

Die Türme und Dächer stechen aus den Nebelschleiern wie Giebel einer verwunschenen Stadt. Taunetze spannen sich um Straßenlaternen und Fensterscheiben und bedecken den Asphalt mit ihrem unaufdringlichen Glanz. Ein Blitz lässt Wolkenfäden am Himmel zersplittern, der ohne Grenzen in die Luft über dem Boden zu tauchen scheint: eine graublaue Atmosphäre, keine Horizontlinie.

Sie verstaut Geschenk und Brief in ihrer Tasche, greift nach dem Kuchen, dreht das Licht im Vorzimmer ab und will gerade die Wohnung verlassen, als es an der Tür klingelt.

Valentin wirkt überrascht, dass sie so schnell öffnet.

Wie kann ich es wiedergutmachen?, fragt er.

Bitte was?

Mein unhöfliches Benehmen beim Abendessen gestern.

Hat dich deine Mutter etwa ausgeschimpft?

Er zieht eine Grimasse. Und?

Sie überlegt.

Ich glaube, du kannst es nicht wiedergutmachen, sagt sie dann und geht an ihm vorbei. Er weicht zurück. Sie schließt die Tür hinter sich ab und will die Stufen hinuntergehen. Er berührt sie am Arm.

Das glaube ich nicht. Ich führe dich zum Essen aus, schlägt er vor.

Nein, danke, erwidert sie. Du hast ja gesehen, was dabei herauskommt.

Das lag nur am Thema, Emma, wirklich.

Emma, sagt sie, nicht Emmaaa. Die Betonung liegt auf dem E. Du bist doch kein Franzose.

Er grinst. Also gut, Eeema, ich hole dich um sieben ab.

Sie verdreht die Augen, nickt aber. Valentin verzieht die Lippen zu einem triumphalen Lächeln und springt die Stufen hinunter.

Und nimm deinen Hund mit, ruft Emma ihm hinterher, damit ich mich mit ihm beschäftigen kann, wenn ich nicht mit dir reden will.

Sein Lachen hallt bis zu ihr nach oben.

Vor der Türschwelle bleibt sie stehen, als wäre sie eine Barriere. Nicht nur eine zwischen Stiegenhaus und Wohnung, auch eine zwischen ihrem Leben und dem ihrer Eltern, zwischen ihr und ihrer Mutter. Eine Kluft, die sichtbar wurde, als sie auszog, die aber immer schon bestanden hatte.

Sie will klingeln, doch ihr Blick fällt auf den Türkranz und sie hält inne. Kunstefeu rankt sich um einen mit Moos bezogenen Styroporring, gespickt mit bunten Blumen aus Stoff, die wohl ein frühlingshaftes Ambiente schaffen sollen. Sie kaut auf ihrer Unterlippe herum und lässt die Hand wieder sinken. Sie will die Wohnung nicht betreten. Will nicht ihren Vater begrüßen, der sich über ihr unangekündigtes Kommen freuen wird, will sich nicht mit ihm über irgendwelche unwichtigen Dinge unterhalten, nur um das Thema nicht anzusprechen, das ihr auf der Zunge liegt. Er würde ihr ein Stück seines Kuchens anbieten, dann ihren Kuchen bewundern und sagen, wie lieb es doch von ihr sei, ihrer Mutter einen Gugelhupf zu backen, den möge sie doch am liebsten. Emma würde erwidern, dass sie das doch wisse.

Irgendwann, wenn es unvermeidlich wird, würde sie

nach ihr fragen, und er würde antworten, sie sei in ihrem Zimmer, den ganzen Vormittag schon. Emma würde nicken, als wäre das etwas ganz Selbstverständliches, auf das Geschenk zeigen und sagen, sie hoffe, sie werde sich darüber freuen, aber leider habe sie nicht viel Zeit und müsse langsam wieder gehen. Sie würde die Wohnung wieder verlassen, ohne den üblichen Kuss ihrer Mutter auf die Wange, ohne sie überhaupt gesehen zu haben. Und insgeheim wäre sie froh darüber, aber trotzdem wäre ihr das Herz nicht leichter geworden.

Doch so kommt es nicht. Noch bevor sie sich dazu entschließt, endlich zu klingeln, öffnet sich die Tür und ihr Vater begrüßt sie lachend, drückt sie an sich und überhäuft sie mit Fragen und freundlichen Worten, denen sie bald kein Gehör mehr schenkt, weil ihre Mutter hinter ihm steht.

Es tut mir leid, dass ich gestern nicht hier war, mein Tag war so voll, dass ich keine Minute Zeit hatte, aber ich habe dir einen Kuchen gebacken, ich hoffe, es geht euch gut und gratuliere, achtundvierzig Jahre, das ist ein schöner Geburtstag … Gut siehst du aus, hast du ausgeschlafen? Ich war letztens bei Georgs Mama, sie hat Parmigiana gekocht, hast du das nicht früher auch mal gemacht? Es hat herrlich geschmeckt. Können wir uns nicht wieder mal alle gemeinsam zum Essen treffen? Oder am besten dann, wenn Georg wieder zurück ist. Jedenfalls gehe ich heute Abend mit Valentin essen, obwohl ich ihn eigentlich nicht ausstehen kann, keine Ahnung, warum ich überhaupt zugesagt habe …

In einem anderen Leben hätte sie das vielleicht gesagt. Wenn sie ein anderer Mensch gewesen wäre, mit einer anderen Mutter, unter anderen Umständen.

So aber steht sie nur vor ihr und lächelt verhalten.

Alles Gute zum Geburtstag, sagt sie schließlich und reicht ihrer Mutter das Geschenk, es tut mir leid, dass ich gestern nicht da war, mein Tag war so voll …

Sie hasst es zu lügen, aber noch mehr hasst sie es, dass sie keinen ehrlichen Grund für ihr gestriges Fernbleiben hat. Lügen erschaffen nichts, ohne gleichzeitig etwas anderes zu zerstören. Sie fragt sich, was sie zerstört, wenn sie ihre Mutter anlügt.

Das Restaurant ist wie ein Magnet, der alle Lichter und Geräusche der Umgebung anzieht. Es liegt ein Stück außerhalb der Stadt, eingebettet in Hänge herabfallender Weinberge, die in der Abenddämmerung wie goldene Fäden aussehen.

Sie setzen sich an einen Tisch bei einem milchglasigen Fenster. In den Ziegelwänden sind Schächte eingelassen, in denen Weinflaschen lagern. Von der Decke hängen nackte Glühbirnen, die den Gastraum in einen schummrigen Glanz tauchen.

Emma bekommt Angst.

Sexismus ist also ein Thema, das dich aufregt? Sie bemerkt seine genervte Reaktion und fragt sich, ob der ganze Abend ein Spiel aus Provokation und Schlagfertigkeit wird und ob sie nicht lieber gleich aufstehen und gehen sollte, solange sie noch nicht bestellt haben.

Es lässt mich auf jeden Fall sehr leidenschaftlich werden, antwortet er, ohne sie anzusehen.

Und warum? Hast du irgendwelche persönlichen Erfahrungen damit?

Sie muss innerlich lachen, als ihr auffällt, dass sie wie eine Therapeutin klingen muss, aber es gefällt ihr, in der Offensive zu sein. Heute lässt sie sich nicht niederreden, so viel steht fest.

Nicht wirklich, sagt er, wir werden jetzt aber nicht den ganzen Abend darüber reden, oder?

Er lehnt sich nach vorne und sie sich im selben Moment zurück, eine stille Choreografie.

Schweigen.

Er bewegt seine Füße, sie trommelt mit den Fingern auf die Tischplatte und sieht sich im Restaurant um. Valentin kratzt sich am Kopf, Emma räuspert sich. Er fährt auf.

Was?

Hm?

Wolltest du etwas sagen?

Nein, ich habe mich nur geräuspert.

Ach so, ich dachte …

Was?

Na ja, dass du etwas sagen wolltest.

Nein, nein.

Okay.

Schweigen.

Sie beobachtet das Flackern einer Straßenlaterne vor dem Fenster, bis sie schließlich erlischt und nur noch ein rötliches Glühen zurückbleibt. Valentin verschränkt seine Hände und richtet sich in seinem Stuhl auf, entknotet seine Finger wieder und nimmt einen Schluck von seinem Wein.

Woher kennst du eigentlich die drei, die beim Abendessen gestern noch dabei waren?

Vom Studium.

Sie nickt, als ihr bewusst wird, dass sie das ja eigentlich schon weiß.

Hast du dich mit ihnen unterhalten?

Hatte keine Gelegenheit dazu.

Ach ja, du bist früher gegangen …

Sie sieht auf. Du schämst dich nicht dafür, wie du mit mir geredet hast, oder?

Nein. Er grinst. Ich schäme mich nie für etwas. Aber bist du zufrieden, wenn ich dir sage, dass es nicht gerade sehr höflich war?

Macho, denkt sie.

Dann schweigen sie wieder.

Was machst du eigentlich so in deiner Freizeit, Emma?, fragt er nach ein paar Minuten, als das Essen serviert wird. Diesmal klingt er wie der Therapeut.

Nichts Ungewöhnliches, antwortet sie, zum Beispiel lese ich gern.

Was liest du so?

Verschiedenes. Gerade viel aus den Zwanzigerjahren. Virginia Woolf, Mascha Kaléko, Ernest Hemingway, F. Scott und Zelda Fitzgerald …

Hemingway sagt mir etwas. Hat der nicht ein Buch über einen Mann und das Meer geschrieben? In dem es die ganze Zeit nur darum geht, dass er einen dämlichen Fisch fangen will?

Emma hebt die Brauen. Ja, *Der alte Mann und das Meer.* Aber das mochte ich nicht sonderlich. War irgendwie … langweilig.

Valentin nickt bestätigend. Klingt auch so. Und was haben die anderen so geschrieben?

Diesseits vom Paradies zum Beispiel, sagt Emma. Von F. Scott Fitzgerald. Das habe ich letztens wieder gelesen, ist eines meiner Lieblingsbücher. Mascha Kaléko war Lyrikerin und von Virginia Woolf wirst du doch bitte schon mal gehört haben, oder? Jetzt bin ich gerade bei *Liebe und Tod auf Bali* von Vicki Baum.

Kenn ich nicht.

Das wundert mich nicht.

Er legt die Stirn in Falten. Wieso?

Du wirkst nicht so, als würdest du viel lesen. Und schon gar keine Klassiker, geschweige denn Klassiker von Frauen.

Er wirkt beleidigt. Und woran merkst du das bitte?

Sieht man dir an, erwidert sie knapp.

Eine Weile essen sie schweigend, dann fragt er: Und das viele Lesen langweilt dich nicht?

Sie lacht. Wie bitte?

Er wirkt verwirrt. Na ja, ich lese natürlich auch manchmal, aber es langweilt mich immer ziemlich schnell.

Dann liest du die falschen Bücher, Valentin.

Was sind denn die richtigen Bücher?

Sie macht eine ahnungslose Geste. Es gibt nicht *die richtigen Bücher*, aber wenn dich Lesen langweilt, liegt es vielleicht nicht am Lesen selbst, sondern daran, dass du einfach nicht weißt, welche Literatur dir gefallen könnte.

Dann sollte ich also Hemingway lesen und die anderen, wie auch immer die heißen?

Nur weil ich ihre Werke mag, heißt das nicht, dass sie dir auch gefallen. Außerdem habe ich noch gar nicht alles von ihnen gelesen. Hauptsächlich ihre Biografien.

Wieso das? Hatten die so ein spannendes Leben?

Sie zuckt mit den Schultern. Es interessiert mich eben.

Und wieso?

Willst du das wirklich wissen oder bist du bloß froh, ein Gesprächsthema gefunden zu haben?

Hey!

Schon gut. Die Zwanziger waren einfach eine spannende Zeit. Sie werden die Goldenen Zwanziger genannt und total glorifiziert. Jeder denkt an herausragende Künstler, die Frauenbewegung, Geniekult, Tanzpartys und schillernde Kleider ... Dabei ist das total übertrieben. Es war vor allem eine Zeit der wirtschaftlichen Depression. Es hat sich viel getan, politisch und gesellschaftlich. Es war Zwischenkriegszeit. Rechtsruck in Europa. Natürlich war es auch die Zeit der großen Künstler. Sie waren Genies und lebten nur für ihre Kunst. Sie wollten nichts anderes als schreiben und konnten oft nicht. Sie hatten psychische und finanzielle Probleme, wollten sich nicht in eine Gesellschaft einordnen, die ihnen viel zu restriktiv und bieder war. Es war eine Zeit des Zwiespalts. Diese Autorinnen und Autoren lebten für das Schreiben und bezahlten ihren Ruhm manchmal mit dem Leben. Ja, sie waren verdammt gut in ihrer Sache. Aber alle auch ein bisschen verrückt.

Klingt spannend, murmelt Valentin. Doch mir ist das alles zu dramatisch.

Sie lächelt.

Was hast du gestern so gemacht?, fragt er. Also, ich meine, bevor ihr zu uns gekommen seid.

Ich war shoppen mit Sophie, wir haben Pommes und Burger gegessen und nachmittags haben wir uns eine Doku auf Netflix angesehen …

Über …?

Buddhismus. Also eigentlich über die Heiligtümer des Buddhismus. Buddha-Statuen und Tempel in aller Welt.

Er hebt die Brauen. Interessierst du dich für Buddhismus?

Sophie hat vor ein, zwei Jahren mal überlegt, ob sie konvertieren soll. Sie hat es dann doch nicht getan, aber seitdem wurde es zu einer Art Tradition, dass wir uns ab und zu Dokus darüber ansehen.

Ja, ich kann mich erinnern, sie hat davon erzählt … Er lacht.

Wieso lachst du?

Ach weißt du, ich stehe allen Religionen ziemlich skeptisch gegenüber, das betrifft auch den Buddhismus.

Buddhismus ist weniger Religion als die anderen. Da steckt viel Philosophie dahinter.

Das mag sein, trotzdem ist es immer noch eine Religion.

Das stimmt schon.

Bist du gläubig?

Sie zuckt mit den Schultern. Ich weiß nicht.

Er runzelt die Stirn. Wie, du weißt nicht? Du musst doch wissen, ob du an einen Gott glaubst und welcher Religion du dich zugehörig fühlst.

Offiziell bin ich katholisch, aber ich gehe so gut wie nie in die Kirche.

Es ist doch vollkommen egal, was du offiziell bist. Religion ist etwas, das in dir drinnen passiert.

Hast du damit Erfahrung?, fragt sie spöttisch.

Nein, antwortet er. Ich bin Atheist.

Das ist eine schöne Art, dich all den Fragen zu entziehen.

Was? Welchen Fragen?

Den Fragen, ob es einen Gott gibt oder nicht.

Ich entziehe mich ihnen nicht. Ich sage einfach Nein.

Es ist immer leicht, Nein zu sagen. Damit entgeht man einer längeren Auseinandersetzung.

Was spielt das für eine Rolle, wenn es meine Meinung ist?

Er wirkt entrüstet und aufgebracht, und sie weiß, dass sie unfair ist, aber die Unterhaltung beginnt ihr Spaß zu machen.

Sogar die größten Philosophen haben vorausgesetzt, dass es einen Gott gibt, sagt sie also.

Das heißt doch noch lange nicht, dass sie recht hatten! Aristoteles hatte ein furchtbares Frauenbild, er meinte, die Frau sei ein unvollkommener Mann. Ja, er war Philosoph, er wusste sicher eine Menge, aber hatte er damit recht? Nein! Jeder kann sich irren.

Wie du dich gleich hineinsteigerst, sagt sie und nimmt überrascht wahr, wie sich Unsicherheit in seine Züge mischt.

Was ist mit dir?, fragt Valentin. Glaubst du wirklich an Gott oder wolltest du mir bloß widersprechen?

Ich habe da eher Zweifel.

Das heißt …

Das heißt, ich bin eingetragen als Katholikin, fühle mich der katholischen Kirche allerdings nicht näher als den anderen und interessiere mich für Buddhismus.

Interessieren heißt aber nicht glauben.

Nicht wirklich.

Was heißt das denn jetzt schon wieder?

Ich glaube nicht an die Götter, die Religionen uns vorschreiben. Ich denke, dass sie viel zu personifiziert sind. Das ist unser Problem. Wir wollen uns Götter vorstellen, sehen sie jedoch nur als vollkommene Menschen. Wer hat gesagt, dass Götter Menschenwesen sind?

Das heißt, du glaubst an das Göttliche als eine Art allmächtige Substanz?

Keine Ahnung. Das macht ihn doch gerade aus, oder? Dass man ihn nicht definieren kann.

Du sprichst von Gott als *ihn*. Ist er also ein männliches Wesen für dich?

Der Gott, Valentin. Das Nomen Gott ist männlich. Deshalb sage ich *ihn*. Und nicht *es* oder *sie*.

Wirklich nur deshalb?

Ich denke schon, gibt sie verunsichert zurück. Aber womöglich bin ich einfach nur von einer patriarchalen Religion geprägt.

Und warum interessierst du dich für Buddhismus? Die schreiben auch vor, dass du an Buddha glauben sollst. Die machen doch nichts anderes.

Erstens sage ich nur, dass ich mich dafür interessiere. Du hast es vorhin selbst gesagt, interessieren ist nicht glauben. Nur weil ich das Konzept spannend finde, heißt das nicht, dass ich an irgendwelche Götter glaube. Und zweitens ist Buddha kein Gott. Er geht auf eine historische Person zurück.

Jesus auch, erwidert Valentin.

War Jesus etwa ein Gott?

Nein, aber der Sohn eines Gottes.

Das erscheint mir etwas fragwürdig, meint Emma.

Ja, und das ist das Problem: Du weißt es nicht. Niemand weiß, ob es einen Gott gibt. Oder eine Göttin oder ganz viele von ihnen oder Geister … Man kann sich entscheiden, an all das zu glauben oder nicht. Aber mehr kann man nicht tun. Religionen können doch erst dann entstehen, wenn man etwas nicht weiß.

Und was hast du dagegen?, fragt Emma. Manchen Menschen tut es gut, an etwas zu glauben, wofür es keine Beweise gibt. Es hat etwas Befreiendes. Ich habe das Gefühl, in einer Welt, die so von Wissenschaft dominiert ist, ist es ein angenehmer Ausweg. Und außerdem ist Religion keine Wissenschaft. Du darfst bei ihr keine Ansprüche an Beweisbarkeit haben. Sonst sprichst du nicht mehr von Religion, sondern gibst ihr den Status einer Wissenschaft, was sie aber nicht ist. Was im Grunde genommen heißt, du hast das Konzept von Religionen nicht verstanden.

Wenn es nur so wäre!

Valentin rutscht auf seinem Stuhl vor.

Das Problem ist, dass Religionen sich nicht mehr auf die Bereiche beschränken, die nicht beweisbar sind. Es ist längst klar, wie die Erde entstanden ist, es gibt genaueste wissenschaftliche Untersuchungen dazu, und hier kommen wir in den Bereich, wo sich irgendwelche Bischöfe und Päpste leider der Lächerlichkeit preisgeben. Wenn sie nur über Dinge sinnieren würden, die man wirklich nicht beweisen kann, wären sie auch weniger Kritik ausgesetzt. Aber ihr Problem ist, dass sie sich mit der Wissenschaft streiten. Sie streiten darüber, wer die Erde erschaffen hat.

Was dann immer blöd für die Wissenschaft endet. Denn dem Pfarrer gehen die Argumente nie aus. Während die Wissenschaftler mühsam ihre Beweise suchen und alles endlos analysieren müssen, begründet er einfach alles mit Gott. Gott hat die Welt erschaffen. Gott bestraft die Menschen. Gott hinterfragt man außerdem nicht, Gott macht alles, was unerklärbar ist. Wenn er nur nicht auch die Dinge tun würde, die man längst erklären kann! Dass der Mensch vom Affen abstammt, ist ganz klar. Das würde niemand bestreiten. Aber was sagt die Bibel? Die Frau wurde aus der Rippe des Mannes gemacht! Oder war es der Oberschenkelknochen? Beides ist diskriminierend. Der Mann wurde von Gott geschaffen, quasi aus dem Nichts! Merken die Leute nicht, dass sie sich mit solchen Aussagen nur selbst schaden und ihrer Lehre Glaubwürdigkeit nehmen?

Jetzt gehst du zu weit, entgegnet Emma. Das Christentum basiert auf der Bibel. Und wenn dort steht, dass alles so gekommen ist, wie du es gerade gesagt hast, können die Pfarrer nicht einfach sagen, das ist alles Stuss und Unsinn. Sie haben gewissermaßen eine Pflicht, sich auf ihre Schrift zu beziehen.

Und wann wurde diese Schrift verfasst? Als man noch keine Ahnung von Affen und vom Urknall hatte. Als Frauen noch nicht mal als Menschen anerkannt wurden. Tut mir leid, aber darüber sind wir längst hinaus.

Du hast schon recht. Die Kirche schadet sich damit nur selbst. Sie muss mit der Zeit gehen. Aber du musst zugeben, dass wir die Wissenschaft mittlerweile zur Religion erhoben haben. Worte aus dem Mund von weiß gekleideten Autoritäten zweifelt niemand mehr an.

Also ich behaupte hier nur, dass Wissenschaftler und Forscher etwas von ihrem Job verstehen und keine Fakten veröffentlichen, die sie nicht mühsam erarbeitet haben.

Das stimmt schon. Trotzdem beten wir die Wissenschaft an wie Götter. Wir schenken ihr bedingungslos Glauben. Niemand traut sich, etwas gegen Statistiken zu sagen. Statistiken sind genauso ein Totschlagargument wie Gott.

Hm.

Ich finde, wir sollten uns gratulieren, sagt Valentin ein paar Augenblicke später. Wir haben diskutiert, ohne zu streiten.

Lehn dich nicht zu weit aus dem Fenster, murmelt Emma und winkt dem Kellner.

Während sie auf die Rechnung warten, schweigen sie.

Ein Gedanke: Vielleicht. Ein Wort, das offenlässt, nichts festlegt. Ein Wort der Möglichkeiten, der Vielfalt. Vielleicht. Ein Wort der Unsicherheit.

Emma

Am nächsten Morgen liegt sie in ihrem Bett und fragt sich, wie das passieren konnte. Doch wie so oft, wenn etwas geschehen ist, das sie sich nicht eingestehen möchte, betreffen ihre Gedanken und Fragen nicht das Ereignis selbst, sondern dessen Ursachen. Bis zu welchem Grad entscheiden wir unser Schicksal selbst und bis zu welchem Grad ist es vorgegeben? Sie versucht, den Punkt zu finden, an dem entschieden war, dass es passieren würde, aber sie findet ihn nicht.

Sie denkt zurück. Durchlebt alles noch einmal. Dann versiegen ihre Gedanken. Und das Seltsame ist: Sie schämt sich nicht. Weil Scham meistens etwas damit zu tun hat, sich vor sich selbst erniedrigt zu haben, und das hat sie nicht.

Wie kann sich über Nacht so viel verändern, ohne dass die Veränderungen sichtbar werden?

Sie steht auf und macht sich einen Tee. Blasse Dampfschwaden steigen aus der Kanne, als sie den Tee aufgießt. Sie will nicht zurück in den Alltag. Sie will für immer in dieser Blase bleiben, in der sie seit gestern Nacht ist. Und kein einziges Mal mehr vernünftig sein in ihrem Leben. Das wäre befreiend.

Sie nimmt den Tannenwipfelsirup aus dem Kühlschrank und süßt damit den Tee. Was muss gefehlt haben, damit es so weit kommen konnte? Wie kann man sich eine gemeinsame Zukunft aufbauen, wenn schon die Fundamente jederzeit zusammenbrechen können?

Plötzlich bekommt sie Angst. Angst davor, dass ihr all das, was sie in den vergangenen Jahren gemeinsam geschaffen haben, unter den Fingern zerbröselt. Angst, dass es sich nie wieder rückgängig machen lässt. Jetzt lebt sie mit einem Geheimnis. Es ist, als würde sie zwischen zwei Welten hängen und sich für keine entscheiden wollen. Auf der einen Seite ist das, was sie ersehnt, auf der anderen Seite das, was sie stützt. Vielleicht ist sie ein Fünfzig-Prozent-Mensch: fünfzig Prozent hier, fünfzig Prozent dort. Es gibt doch solche Menschen, oder nicht? Vielleicht ist sie der erste Fünfzig-Prozent-Mensch auf der Welt. Sie muss schmunzeln. Damit könnte sie leben. Aber das Spiel ist aus, sobald jemand anderes dazukommt. Und genau das ist das Problem: Sie weiß, dass sie sich entscheiden muss, aber sie will es nicht.

Ihr Handy vibriert. Sie tastet das Bett danach ab und findet es schließlich unter dem Kopfkissen. Noch bevor sie das erleuchtete Display sieht, weiß sie, wer ihr geschrieben hat. Sie wirft das Handy auf den Haufen Schmutzwäsche am Boden. Manchmal ist sie eben noch ein Kind, das glaubt, nicht gesehen zu werden, wenn es sich die Hände vor die Augen hält.

Sie fühlt sich dann wie eine festgeschraubte Marionette in einer Wirklichkeit, die keinen Spielraum zur Veränderung lässt. Erdrückend. Vielleicht ist deshalb passiert, was sie nicht mehr rückgängig machen kann. Ein kurzer Ausreißer aus ihrem strukturierten, bereits geplanten Leben. Ein Beweis, dass es auch anders geht. Spontaner, zufälliger. Mit mehr Verzweigungen im Lebensweg.

Emma beneidet Menschen, die so leben. Sie beneidet Valentin dafür, dass er unendlich viele Möglichkeiten hat, obwohl er den Großteil davon niemals nutzen wird. Emma ist wütend auf sich selbst, weil sie theoretisch weiß, dass auch sie unendlich viele Möglichkeiten hat und ihr jede einzelne offensteht, sie aber trotzdem keinen Gebrauch davon machen wird.

Sie läuft die Stufen zur Wohnung ihrer Eltern hoch. Im Treppenhaus riecht es nach frisch gekochter Gemüsesuppe und angebratenen Zwiebeln. Als sie vor der Wohnungstür steht, hat sich der Duft verflüchtigt und sie fühlt sich plötzlich seltsam schwermütig. Sie will dem Geruch folgen, will, dass jemand den Deckel vom Suppentopf nimmt und alle sich auf das Mittagessen freuen, will die Nudeln, das Hühnerfleisch und die gekochten Rüben in sich hineinschaufeln und sich vor lauter Überschwang ankleckern.

Sie weiß, dass sie dem Suppenduft niemals folgen kann, egal, wohin er sie führen wird. Denn am Ende steht sie doch wieder in der Sackgasse ihrer erdachten Erinnerungen.

Dann hört sie die Musik. Sie dringt unter der Türschwelle nach draußen ins Stiegenhaus, französische Chansons, die ihre Mutter so liebt, immer noch dieselben CDs, die sie schon in Emmas Kindheit gehört haben und die sich hinter dem Sofa stapeln, Risse im Plastik der CD-Hüllen. Emma betritt die Wohnung und folgt der Musik. Sie bewegt sich auf demselben Holzboden wie immer und doch fühlt sie sich wie in einer anderen Welt, eine Mischung aus Erinnerung und Sehnsucht. Sie hört Stimmen aus dem Wohnzimmer und legt ihre Jacke ab, doch bevor sie zu ihren Eltern geht, lehnt sie sich an die Wand und lässt sich an ihrem Rücken herabsinken, bis sie auf den Dielen sitzt. Sie weiß nicht, wieso sie sich plötzlich so geborgen fühlt wie schon lange nicht mehr, aber sie genießt das Gefühl, beobachtet sein Entstehen und wie es durch ihren Körper wabert und in ihren Fingerspitzen pulsiert.

Was machst du denn da?, fragt ihr Vater und kniet sich neben sie, mit einer Hand über ihre Schulter streichend, ein Lächeln im Gesicht, in den Mundwinkeln, Augenfältchen und Wangengrübchen.

Sie fragt sich, ob er auch etwas von diesem Zauber spürt, der angelockt vom Suppenduft und den Chansons in der Wohnung liegt, und lässt sich von ihm aufhelfen.

Ich war erschöpft vom Treppensteigen, sagt sie, ich hoffe, dass der Aufzug bald repariert ist.

Das dauert sicher noch eine Weile, meint ihr Vater, die brauchen doch so lange mit ihren Bauarbeiten, bis dahin werden wir eben alle sportlicher, das schadet uns nicht.

Die Musik ist großartig, sagt Emma, die haben wir seit Ewigkeiten nicht mehr gehört.

Es ist die Art von Musik, die man nie vergisst, weil sie immer gespielt wurde, wenn man mittags aus der Schule heimkam und das Essen schon auf dem Tisch stand, wenn man die Schultasche in die Ecke geworfen und sich die Hände gewaschen hat und einem die Haare nur deshalb nicht in den Suppenteller gefallen sind, weil Mutter oder Vater sie rechtzeitig hochgehalten haben.

Georgs Eltern sind da, sagt ihr Vater, als sie gemeinsam in Richtung Wohnzimmer gehen, wir feiern den Geburtstag deiner Mutter nach, es hat sich spontan ergeben und es ist doch immer schön, wenn es mal ein bisschen laut und feierlich bei uns wird, nicht wahr?

Ihr Vater redet weiter, erzählt ihr noch irgendetwas, aber sie hört ihm nicht mehr zu, denn ihre Gedanken beginnen sich im Kreis zu drehen, die gute Stimmung scheint auf einen Schlag verflogen, sie blinzelt, der Raum verschwimmt vor ihren Augen.

Georgs Eltern sind da, dröhnt es in ihrem Kopf, Georgs Eltern sind da, und sie weiß nicht, warum sie das so schockiert, aber dann begreift sie es und spürt die Enttäuschung, die sich auf sie legt wie ein riesiger, schwerer Teppich, die Enttäuschung darüber, dass sich bewahrheitet, was sie die ganze Zeit über befürchtet hat.

Es war naiv von ihr zu denken, in ihrer Familie könnte auch ohne die Anwesenheit von Freunden eine so schöne Atmosphäre herrschen. Du bist so dumm, Emma, so dumm. Wie konntest du das nur glauben. Natürlich muss jemand anderes hier sein, damit es so schön sein kann. Natürlich ist nichts mehr, wie es mal war, falls es denn überhaupt jemals so war.

In Emma wächst eine Sehnsucht, die so stark ist, dass sie mit der Realität verschwimmt und die Grenzen aufhebt, bis sie die Erinnerungen nicht mehr von ihren Wünschen unterscheiden kann. Das, was war, vermischt sich mit dem, was hätte sein sollen, und das Leben wird zu einem Leben im Kopf, auf das man sich hinterher nicht mehr verlassen kann.

Die Enttäuschung steckt ihr wie ein dicker Kloß im Hals. Die Enttäuschung darüber, dass die familiäre Harmonie, in die sie gerade hineinzuplatzen glaubte, gar keine ist.

Was ist los, Emma?, fragt ihr Vater, der in der Wohnzimmertür stehen geblieben ist.

Nichts, tut mir leid, ich musste nur gerade an etwas denken.

Er wollte sie noch etwas fragen, meint er, das Kuvert, das sie letztens in der Hand hatte mit dem Kuchen und dem Geburtstagsgeschenk, er hat sich gefragt, ob das vielleicht eine Karte für ihre Mutter gewesen sei und ob sie vergessen hätte, sie ihr zu geben?

Sie blickt auf den Boden und spürt, wie ihr Gesicht heiß wird, du hast recht, sagt sie, es war eine Karte für sie, aber ich habe mich dann doch nicht getraut, sie ihr zu geben. Ihr Vater sieht sie an, und da ist Schmerz in seinem Gesicht, er lagert sich jetzt überall dort ab, wo vorhin noch das Lächeln saß, in den Augen- und Lachfältchen, den Lippenkurven und Stirnfalten, und sie weiß nicht, ist es Schmerz wegen ihr oder wegen ihrer Mutter oder wegen beiden.

Ist schon gut, sagt er dann, du musst es nicht tun, ich verstehe das, deine Mutter ist eben ein schwieriger

Mensch. Es klingt so, als wollte er eigentlich sagen, deine Mutter ist wunderbar und fantastisch, und ich habe sie genau deshalb geheiratet, und es tut mir leid, dass du sie nie so kennenlernen konntest wie ich.

Und wenn Emma jetzt zu weinen beginnt, dann nicht, weil es ihr ebenfalls leidtut, ihre Mutter nie so betrachten zu können wie ihr Vater, sondern weil der einzige Mensch, mit dem sie über ihre Mutter reden könnte, ein ganz anderes Bild von ihr hat als sie selbst.

Eine Frage: Wie viel Zeit muss vergehen, bis man sagen kann:
Es war so und es ist geschehen, weil es geschehen ist.
Wochen, Jahre oder ein ganzes Leben?

Emmas Mutter

Sie will sich abgrenzen. Will endlich nicht mehr mit dem Strom schwimmen, auf derselben Welle, will endlich ihren eigenen Weg gehen.

Sie fragt sich: Ist es dafür nicht ein bisschen zu spät?

Mit achtundvierzig Jahren hat man seinen Lebensweg mehr als nur eingeschlagen, man hat ihn schon ausgetreten und gepflastert, aber vielleicht gibt es ja noch Abzweigungen und Nischen, die man vorher nicht entdeckt hat und die zu einem ganz neuen Weg führen, mitten ins Dickicht, vielleicht auf einen Holzweg, den man sich erst einmal freistampfen muss.

Das Heft liegt zugeschlagen vor ihr, sie verstaut es wieder in der Schreibtischschublade. Die Energie, die sie beim Schreiben hatte, ist nun verschwunden, einfach aus ihr herausgerutscht.

Sie kennt diese Zustände gut. Dann kann sie nicht einmal eine Faust ballen, so kraftlos fühlt sie sich. Sie versucht es. Will die Fingernägel so fest in die Handfläche bohren, dass es wehtut. Aber es tut nicht weh. Sie ist nicht einmal stark genug, um sich selbst zu verletzen.

Vielleicht ist es wirklich zu spät. *Kairos* nannten die alten Griechen den günstigen Augenblick, den Moment, in dem alles perfekt passt, in dem man alles schaffen kann – wenn die Sehne des Bogens so weit gespannt ist, dass man den Pfeil abschießen kann. Doch welchen Pfeil könnte sie noch abschießen? Und wo würde er landen, wenn nicht in ihrer eigenen Brust?

Das Wort gefällt ihr. *Kairos.*

Sie nimmt das Heft wieder zur Hand und schreibt es auf. Klappt es aber schnell wieder zu, denn die niedergeschriebenen Erinnerungen tun ihr weh und fühlen sich an wie alte Feinde, die ihr nun gegenübergetreten sind. Kann das eigene Leben zum Gegenspieler werden?

Man muss es auf jeden Fall verdient haben, denkt sie, so ohne Weiteres stellt sich dein Leben nicht gegen dich. Vielleicht habe ich es ja verdient. Vielleicht jagt mich meine Vergangenheit, weil ich immer nur in der Zukunft gelebt habe, und vielleicht quält mich die Gegenwart mit ihrer trostlosen Leere nur deshalb, weil ich jetzt so an der Vergangenheit hänge.

Ihr Kopf fühlt sich voll an, als würden all die Gedanken gegen ihren Schädel drücken. Wohin mit all den Gedanken, fragt sie sich, wo ist mein Ventil?

Wenn sie ihr bisheriges Leben durchdenkt, dann wirkt es auf sie, als wäre sie gescheitert, obwohl sich all ihre Pläne erfüllt haben. Sie hat den Mann geheiratet, den sie liebt, sie hat eine Tochter bekommen, mehrere interessante Jobs gehabt, in einem schönen Haus mit Garten gewohnt, bevor sie sich nach Emmas Auszug für eine zentral gelegenere Wohnung entschieden haben. Vielleicht war die Beziehung zu ihren Eltern nicht immer einfach, aber man kann nun einmal nicht alles haben. Trotzdem hatte sie stets allen Grund dazu, zufrieden zu sein. Ihr Leben bestand darin, die Träume abzuarbeiten, die sie als junges Mädchen gehabt hatte, doch dabei hat sie wohl übersehen, dass es im Leben um mehr geht als um die Umsetzung von Plänen und Vorstellungen.

Was ist ihr geblieben?

Diese Schuldgefühle.

Diese Trauer.

Diese Panik.

Am allerschlimmsten jedoch ist die Angst, dass es zu spät ist, etwas zu ändern. Sie hat ihre Chancen verspielt, und in ihrem Eifer, nichts zu verpassen, das Wesentliche verpasst.

Plötzlich sitzt er neben ihr auf dem Bettrand, legt einen Arm um sie, und sie will, dass er etwas sagt, er konnte sie immer trösten, ihr immer gut zureden.

Aber er sagt nichts. Auch ihm sind die Worte im Mund zerfallen, bevor er sie aussprechen kann.

Als er sie zum Abendessen ruft, ist wieder ein wenig Kraft in ihre Glieder zurückgekehrt. Sie steht auf, lässt auf ihrem Bett den Abdruck ihres Körpers zurück, der sich in Falten auf das Leintuch legt. Sie streicht über die eingedrückte Decke und richtet sie, bis es wieder ordentlich aussieht.

In ihrem Leben hat sie gelernt, vieles zu akzeptieren. Wahrscheinlich zu wenig. Sie müsste noch einen Schritt weitergehen, wieder ein bisschen mehr eingreifen in ihr stilles Leben im fünften Stock. Wieder mehr planen, mehr Freude suchen, wenn sie schon nicht von selbst zu ihr kommt. Vielleicht liegen all diese Menschen doch falsch, die sagen, man soll nur im Hier und Jetzt leben. Wahrscheinlich zertritt man die Gegenwart nur, wenn man sich zu sehr auf sie fokussiert.

Sie sollte es wieder ausprobieren und sich wieder auf neue Lebensentwürfe einlassen. Sie ist schließlich längst nicht so alt, wie sie sich in letzter Zeit fühlt. Aber kann sie das tun, wenn in ihrer Vergangenheit ein solcher Riss klafft?

Eine Frage: Wo lagern all die Erinnerungen, die wir vergessen haben, gibt es in unserem Gedächtnis Kammern, in denen sie aufbewahrt werden?

Emmas Vater

Der Abend ist kalt, die Sterne am Himmel spiegeln sich in den Lichtern der Straßenlaternen. Er schlägt den Weg in Richtung der Weinberge ein und denkt darüber nach, was er in seinem Leben falsch gemacht hat. Früher wäre ihm auf diese Frage nicht viel eingefallen; er ist im Großen und Ganzen immer zufrieden mit sich und seinen Entscheidungen gewesen. Aber wenn er heute auf die vergangenen Jahre zurückblickt, drängt sich ihm der Gedanke auf, dass er mitschuldig ist an allem, was passiert ist.

Er hat die zwei Frauen zerbrechen gesehen, die er mehr als alles andere auf der Welt liebt, seine Frau und seine Tochter.

Ich habe zugesehen, wie unser Leben zerbröckelt ist, ich habe all die Dinge fraglos akzeptiert, die ich hätte ändern können. Ich habe zugesehen, wie meine Frau unsere Tochter nie so lieben konnte, wie es hätte sein sollen, ich habe zugesehen, wie Emma verzweifelt versucht hat, an ihre Mutter heranzukommen. Ich habe beiden zugehört und gut zugeredet, aber das war nicht genug. Ich habe darauf vertraut, dass sich alles richten wird, wie ich immer darauf gewartet habe, dass sich die Dinge von selbst zurechtrücken.

Die Straße wird schmäler und mündet schließlich in einen Schotterweg. Die ersten Weinberge zeigen sich als dunkle Schatten unter dem silbernen Mond, der schon fast einen Kreis beschreibt. Sobald er bei den ersten im Wind raschelnden Reben angelangt ist, bemerkt er, wie schnell er gegangen ist. Die Seiten stechen ihn, er keucht und bleibt für einen Moment stehen. Wovor will er weglaufen?

Die Frage hämmert sich in sein Gesicht, schlägt Furchen in die Haut, Furchen des Schmerzes und der Reue, als hätten sich all die Dinge, die er im Laufe seines Lebens geschehen ließ, in ihn gegraben.

Warum hat er nicht reagiert? Warum haben seine Alarmglocken nicht geschrillt, als ihm klar wurde, wie schwer es seiner Frau fällt, Emma zu lieben? Warum hat er keine Anstrengungen unternommen, der Ursache auf den Grund zu gehen?

Er dachte, das Beste wäre es zu helfen. Er hat weniger gearbeitet, um mehr bei Emma sein zu können, er hat all das für seine Tochter getan, was ihre Mutter nicht tun konnte und noch mehr. Er ist immer für sie dagewesen. Und doch hat er vieles übersehen. Zu vieles.

Er hat früh gelernt, Dinge zu übersehen. Hat seine Mutter nie ernstgenommen und hat von klein auf mitbekommen, dass man sogar in der eigenen Familie lieber aneinander vorbeisah, anstatt sich in die Augen zu sehen. Bis jetzt war er jedoch davon überzeugt gewesen, es selbst anders zu machen als seine Eltern. Besser. Aber nun kommen ihm Zweifel.

Er hat von Anfang an gewusst, dass sie zerbrechlich ist. Nicht schwach. Schwache Menschen müssen vor stärkeren beschützt werden, zerbrechliche Menschen vor sich selbst. Und genau das hat er nicht getan. Er hat seine Frau vor allen möglichen Dingen beschützt, aber nicht vor sich selbst. Dadurch hat er zugelassen, dass sie sich immer mehr in sich zurückzog.

Er ist mitschuldig daran, dass Mutter und Tochter sich nie in die Augen sehen konnten, aus Angst, den Menschen zu entdecken, der in der anderen wirklich steckt.

Er hasst diese Masken, die sie tragen, weil sie damit groß geworden sind und ihnen nie jemand erklärt hat, dass es auch anders geht. Sein Leben fühlt sich an wie ein Theaterstück, nur mit dem Unterschied, dass der erlösende Vorhang nie fällt. Ein endloses Theaterstück aus Lügen und Maskeraden, in dem die Schauspieler ihr

Leben lang gefangen sind. Und das waren sie im Laufe der Zeit alle geworden – Schauspieler.

Nur um sich irgendwann in den Ruinen ihrer Familie gegenüberzustehen, Tochter, Mutter, Vater, aber er nimmt lediglich die Nebenrolle in einem Stück ein, dessen Haupthandlung er nicht einmal richtig mitbekommt.

Wie sehr er ihn hasst, diesen Nebendarsteller. In seinem Leben ist doch er die Hauptperson. Er selbst muss sich um seine Angelegenheiten kümmern, niemand sonst wird es tun.

Wie oft hat er mit ihr geredet! Über das Leben, über Emma, über all ihre gemeinsamen Probleme. Wie oft hat er versucht, ihr eine Stütze zu sein. Aber wann hat er jemals auf ernsthafte Veränderung gedrängt? Wann hat er es je über sich gebracht, die Dinge endlich anzupacken?

Ist das die späte Rache für seine Feigheit? Wird er jetzt gerichtet für all die Dinge, die er hätte tun sollen?

Er bleibt abermals stehen und betrachtet die Weinberge, diesen rechteckigen Rahmen, der über die Natur gelegt wurde und sie zu zähmen versucht. Er hat sich schon immer gern im Freien aufgehalten, aber hat er ein einziges Mal echte Natur gesehen? Wilde, unberührte Natur?

Die Waldwege, die er bisher betreten hat, waren

immer schon flachgetreten von unzähligen Schuhpaaren vor ihm, und auf den Büschen, deren Blätter er zur Seite geschoben hat, waren immer schon Fingerabdrücke von anderen Menschen gewesen.

Überall haben die Menschen ihre verdammte Ordnung hineingebracht, denkt er, selbst die Natur hat schon Ecken und Kanten. Wo ist das Weiche, das Wuchernde, das Unberührte?

Eigentlich haben ihn die Weinberge noch nie gestört, aber womöglich ist es die pedantische Ordnung in seinem Leben, die ihn so wütend macht. Immer war alles bis ins kleinste Detail durchgeplant gewesen, nur heute nicht, heute steht alles auf dem Kopf. Traurig ist nur, dass so viele ihrer Pläne niemals Wirklichkeit wurden, nur im Konjunktiv existierten und allein für die Vorstellungskraft geschmiedet waren, nicht für die Realität. Wo sind die Kinder, die sie noch haben wollten, wo ist das glückliche Familienleben, von dem sie einst geträumt haben? Warum hatte sich seine Frau nach der Geburt so verändert, und wieso hatte er niemals etwas unternommen, um diese Familie vor sich selbst zu retten?

Er findet keine Antworten auf seine Fragen, aber er kann immer noch die Weinstöcke aus der Erde reißen und ihre Wurzeln dem Mondlicht entblößen, Dinge an die Oberfläche bringen, die nie für die Oberfläche gedacht waren, einfach nur um Unordnung in dieses architektonisch durchstrukturierte Landschaftsbild zu bringen.

Aber er tut es nicht. Wie er so vieles nie getan hat. Wann hat das Verdrängen ein Ende? Wann wird er sich endlich seinem eigenen Leben stellen?

Doch vielleicht ist schon längst ein Ende gemacht worden. Vielleicht gab es einfach keine andere Möglichkeit als diesen heftigen Einschnitt in ihr Leben.

Seit diesem Frühjahr, diesem April ist nichts mehr wie es war.

Seitdem denkt er nur noch in *Wenn-* und *Falls-*Sätzen. Seitdem stellt er Hypothesen auf, die von Hoffnung genährt werden. Er denkt: Wenn eines Tages alles wieder so werden sollte wie früher, dann muss ich dafür sorgen, dass es nie wieder so wird wie früher.

Er nimmt sich viel vor für diese Zeit nach dem *wenn* und *falls*, das lenkt ab von einem anderen Ausgang des Szenarios.

Eine Frage: Entscheidet man sich dafür,
die Entscheidung zu treffen, oder dagegen?
Beides hat Konsequenzen.

Emma

Ein halbes Jahr ist vorüber, seit Georg im Herbst nach London aufgebrochen ist. Eigentlich wollte er in der ersten Aprilwoche wieder hier sein, doch er hat sich spontan dazu entschlossen, noch eine zweiwöchige Rundreise durch England zu machen. Emma hat genickt und gesagt, das ist großartig, so eine Möglichkeit muss man nutzen, doch kaum war Georgs Name vom Display verschwunden, ist sie in Tränen ausgebrochen.

Nicht, weil sie Angst hatte, Georg würde sie vergessen. Sie weiß, wie viel sie ihm bedeutet. Sondern, weil sie Angst hat, was passiert, wenn sie noch länger allein bleibt. Sie kann sich selbst nicht mehr vertrauen.

Die große weiße Villa erhebt sich aus einem noch größeren Garten. Obstbäume stehen entlang der Zäune, ihre Frühlingstriebe leuchten im Schein der Straßenlaternen hellgrün und frisch. Ein Swimmingpool nimmt den Großteil des Vorgartens ein, er ist umgeben von hüfthohen, rund gestutzten Buchsbäumen. In der Dunkelheit wirken sie wie Köpfe von Riesen.

Das Gartentor quietscht leise. Sie umrundet das Haus, und plötzlich schießen die Menschen wie Gräser aus dem Boden, und sie findet sich mitten unter lärmenden Partygästen wieder. Um sich abzulenken, hat sie die Einladung von Valentin angenommen. Eine Flut aus Gesichtern und Worten umspült sie. Sie wird nicht beachtet, denn sie kennt niemanden und niemand kennt sie. Es gibt keine bessere Möglichkeit, anonym zu bleiben als in einer Menschenmasse.

Es dauert exakt fünf Sekunden, bis Emma beschließt, auf die Toilette zu flüchten. Sie will weg. Begreift, dass es ein Fehler war, überhaupt zu kommen. Sie will aus der Villa und durch den Garten laufen, vorbei an den Obstbäumen und den Riesenköpfen, in ihr Auto steigen und nach Hause fahren, jetzt sofort und am besten, ohne mit jemandem gesprochen zu haben.

Sie kennt dieses Haus. Es gehört Georgs und Valentins Großeltern, und auch Georgs Abschiedsparty hat hier stattgefunden. An der Klotür klebt eine bunte Weltkarte, die vielleicht aus einem Atlas für Volksschulkinder ausgeschnitten wurde. Jemand hat mit schwarzem Filzstift ein paar Punkte markiert und Städtenamen daneben geschrieben. Paris. München. Salzburg. Hinter ihr türmen sich Klopapierrollen, links hängt ein

Zeitungsständer an der Wand, auf dem Boden liegt ein aufgeschlagenes Reisemagazin. Durch die Tür wummert der Bass. Jemand rüttelt daran, aber Emma bewegt sich nicht. Es rüttelt erneut, dann schreit jemand etwas. Sie könnte rufen: Moment noch! Sie könnte Beleidigungen aussprechen, Schimpfwörter. Oder mit piepsiger Stimme sagen: Bin's gleich! Händewaschen imitieren und mit einem Lächeln die Tür öffnen.

Doch das will sie alles nicht. Sie bleibt sitzen und ignoriert die Außenwelt, die versucht, in ihr kleines Refugium einzudringen. Als das Rütteln aggressiver wird und Emma um die Tür fürchtet, gibt sie sich schließlich geschlagen. Bevor sie aufsperrt, greift sie nach einem Kugelschreiber, der auf einer Zeitung klemmt, macht auf der Weltkarte ein dickes Kreuz in England und schreibt *London* daneben.

Draußen schält sie sich durch die Menschenmenge. Zwischen den Bäumen hängen Lampions, und Lichterketten liegen auf den Biertischen. Sie beschließt, doch den Kuchen zu probieren, bevor sie sich wieder auf den Heimweg macht. Sie häuft sich drei Stück auf einen Pappteller und irrt dann eine Weile im Garten umher, bis sie einen abgelegenen Gartenstuhl findet, auf dem sie sich zum Essen niederlässt. Auf dem Rückweg zum Auto kommt sie bei einem Grill vorbei. Es duftet verführerisch. Sie kann nicht widerstehen, langt ordentlich zu und bahnt sich schließlich mit zwei Würstchen, einem Kotelett, einem halben gegrillten Maiskolben, einem dünnen Streifen Zucchini, drei kleinen Alufolienkartoffeln, einem Grillkäse und einer Scheibe Knoblauchbaguette einen Weg zu den Biertischen und setzt sich ans Ende einer langen Tafel neben unbekannte Leute. Als das erste Würstchen in ihrem Mund zerplatzt, fragt sie sich, warum sie jemals Vegetarierin geworden ist.

Sie isst schnell – als wäre sie am Verhungern, obwohl der Kuchen bereits schwer in ihrem Magen liegt. Die Kartoffeln sind nicht ganz durch, aber heiß, der Mais ist köstlich, aber etwas verkohlt, das Fleisch ist am besten, aber zu stark gewürzt, der Grillkäse schmeckt nach Gummi, aber das macht nichts. Sie holt sich noch zwei weitere Würstchen und schlingt sie ohne Beilage hinunter. Ihr Mund trieft vor Fett.

Als Vegetarierin heimlich Fleisch zu essen, ist ein Bruch der Konvention, ein kleiner Bruch zwar, aber dennoch ein Bruch. Es macht ihr Leben abenteuerlicher. Ihr Leben war für sie noch nie abenteuerlich genug. Als Kind wünschte sie sich manchmal strengere Eltern, die sie zum Mittagsschlaf zwingen würden, nur um dann aus dem Zimmer in die Küche zu schleichen und dort heimlich Schokolade zu essen. Sie wollte ein Verbot, um es brechen zu können, Regeln, um sie zu umgehen.

Die Abenteuerlichkeit des heimlichen Fleischessens ist aber nicht der Hauptgrund, warum sie ihren Vegetarierstatus offiziell niemals ablegen würde. Entscheidend ist ihr Stolz. Emma hat ihre Prinzipien. Eines davon ist, dass Fleischkonsum schlecht ist. Schlecht für die Umwelt und schlecht für die Tiere, die ihr Leben dafür lassen müssen, dass Emma sich auf einer Party ein vor Fett triefendes Würstchen nach dem anderen in den Mund stopfen kann. Es ist ein Konsum mit ausschließlich negativen Folgen, pragmatisch betrachtet. Sie hat nie versucht, jemanden zu bekehren – das überlässt sie dem Klischee –, könnte aber durchaus aus dem Stand eine zehnminütige Rede gegen Fleischkonsum halten, wenn sie jemand darum bitten sollte. Nach fünf Jahren striktem Vegetarismus ist Emma jedoch eines Morgens mit einem Heißhunger auf Schinken, Kotelett, Schweinebraten, Speck und Salami aufgewacht und hat für sich entschieden, dass sie ihn nicht unterdrücken kann.

Fast kommt sie sich vor wie ein Kind, das heimlich den Mittagsschlaf auslässt.

Sie fühlt sich so gut, dass sie ihren vorzeitigen Aufbruch noch etwas aufschiebt.

Da sie nicht weiß, wohin, führen sie ihre Schritte in die Küche. Valentin in seinem hellblauen T-Shirt steht vor dem offenen Kühlschrank und holt eingekühlte Knoblauchbaguettes heraus. Emma räuspert sich, fragt, ob sie helfen könne. Valentin dreht sich um, lächelt sie an und reicht ihr einen Teller mit rohem, aufgeschnittenem Gemüse und blassen Bratwürstchen.

Du kannst das nach draußen bringen, sagt er. Freut mich, dass du gekommen bist.

Er stellt sie seinen Freunden vor, lädt ihr, bevor sie protestieren kann, einen Teller voll mit Gegrilltem, drückt ihr einen Becher mit heller Flüssigkeit in die Hand, den sie unauffällig in einen Busch entleert, weil sie doch mit dem Auto da ist, und versucht, ihr auf den kurzen Wegen zu den unterschiedlichsten Bekannten rasch deren Namen und Studienrichtungen aufzuzählen.

Sie will ihn bitten, aufzuhören und still zu sein, denn hinter ihrer Stirn pocht es und die Musik ist viel zu laut, zwischen all den Bässen kann sie ihren eigenen Herzschlag nicht mehr spüren. Aber Valentin gibt ihr noch einen Brownie mit Früchten und Gelee, sie isst die Würstchen, eine halbe Semmel und den ganzen Brownie, knabbert den Mais an und lässt den Rest liegen. Kaum ist sie fertig, zieht Valentin sie auf die Tanzfläche. Emma fühlt sich behäbig von all den fettigen Bratwürstchen und begreift erst, wo sie sich befindet, als sie bereits inmitten von schwitzenden Körpern steht. Tanzen ist das Letzte, nach dem ihr jetzt zumute ist, doch die Musik überdröhnt ihre Worte. Der Takt wird schneller und mischt sich in das Blutrauschen in ihren Ohren.

Valentins Hand umfasst ihre Hüfte, sein Körper ist ihrem viel zu nah, sie will sich sträuben, ausweichen, aber nirgendwo ist Platz, von allen Seiten wird sie bedrängt, und wenn sie nach vorne sieht, ist da nur Valentins hellblaues T-Shirt.

Schlagartig verändert sich alles. Eine Möglichkeit schrumpft, während die andere wächst. Und Emma kann ihr beim Wachsen zusehen. Sie rankt sich von der Tanzfläche nach oben in den Himmel, breitet sich in alle Richtungen aus und alles ist auf einmal so unkompliziert. Emma fühlt sich frei, als wäre das Gewicht der gesamten Welt von ihren Schultern gefallen. Die erste Möglichkeit zerbröckelt, während die zweite triumphiert. Und wieder tut sie etwas, von dem sie schon im Vorhinein weiß, dass sie es später verdrängen wird. Dieses Mal ist es jedoch kein Ausrutscher, sondern geplant. Emma versucht sich wieder einmal selbst zu betrügen. Und nimmt dabei in Kauf, dass auch andere Menschen zu Schaden kommen.

In ungefähr einer Stunde wird Emma wahnsinnig werden. Sie wird weinen und bereuen. Sie wird in Georgs altes Kinderzimmer flüchten und sich fragen, warum sie ausgerechnet dorthin flüchtet. Sie wird versuchen, eine Ordnung herzustellen, über die sie schon lange die Kontrolle verloren hat.

Eine Befürchtung: Manche Erinnerungen enden in einer Sackgasse. Andere nehmen Umwege in die Fantasie.

Emma

Was kann sich über Nacht verändern? Ein Zustand. Zustände vor und nach einem bestimmten Moment sind oft grundverschieden. Emma war sich absolut sicher gewesen, dass sie niemals mit Valentin schlafen würde, *bevor* sie es getan hat, und auch *danach* ist sie sich absolut sicher gewesen, dass sie es nie wieder tun würde. Ihr ist durchaus bewusst, dass sie damit die Grenze des Ausrutschers sehr stark strapaziert.

Auf der Tanzfläche findet sie leicht in den Takt hinein, gegen den sie vorher angekämpft hat, und lässt sich trunken machen von den Gerüchen nach Alkohol, Schweiß und gebratenem Fleisch. Bis sie in den Zwischenräumen des wummernden Basses etwas erkennt. Ein klitzekleiner Gedanke bildet sich heraus und potenziert sich mit jedem weiteren Taktschlag. Er entwickelt sich zu einem riesigen Gedankenknäuel. Und als würde Emma erst in diesem Moment wieder zu Emma werden, bemerkt sie plötzlich Valentins schwitzige Finger, die mit ihren verflochten sind. Bemerkt die Nähe zwischen ihnen, die Vermengung ihres Atems. In diesem Moment wird ihr bewusst, dass sie sich für die zweite Möglichkeit entschieden hat und dass diese die unvernünftige von beiden ist.

Es gibt keinen anderen Ausweg für sie, als ihm ihre Hand zu entziehen und die Tanzfläche zu verlassen. Während sie sich durch die Menschenmenge boxt, Valentins Stimme im Nacken, fühlt sie die kühle Nachtluft. Sie formt ihren Körper neu. Formt die Emma, die die Welt gerne haben möchte. Die brave, folgsame Emma, die auf den zukünftigen Bildern abgelichtet sein wird. Die Emma, die sie doch eigentlich immer gewesen ist.

Emma und Georg auf ihrer Hochzeit.

Emma und Georg mit drei blonden Kindern, obwohl sie doch immer eine Tochter mit ihren dunklen Locken haben wollte.

Diese Emma schneidet die Aprilluft jetzt auf ihrem Weg ins Haus zurecht. Im Garten schreit die Musik nach ihr.

Die Stille erschlägt sie fast. Keuchend stützt sie ihren Arm gegen die Wand, klappt den Klodeckel hinunter und setzt sich darauf. Verriegelt die Tür. In ihren Ohren der Nachklang der lauten Musik: in der Stille wie ein lang anhaltendes Echo. Alles wölbt sich in ihr hoch. Sie stürzt auf die Knie, reißt den Klodeckel wieder auf und kotzt die Würstchen aus.

Sobald sie die Toilette wieder verlässt, ist es ruhig im Haus und finster. Einzig das Mondlicht dringt durch die großen Altbaufenster herein. Sie tastet sich durch das Halbdunkel des Wohnzimmers und fühlt sich leer und befreit. Als wäre mit ihrem Mageninhalt auch alles andere im Klo runtergespült worden.

Sie geht nach oben in Georgs Kinderzimmer. Seit Georg und sie zusammengezogen sind, haben sie selten woanders übernachtet. Trotzdem hat sich in dem Zimmer nichts verändert, als warte es nur darauf, dass sein ehemaliger Bewohner eines Tages zurückkommen würde.

Spielzeug ist geduldig und das Haus so groß, dass niemand dieses Zimmer braucht, in dem Georg gelebt hat, bis er vierzehn wurde. Spielzeug ist geduldig und hier im Museum von Georgs Kindheit quillt es aus den Kästen und Schränken, unter dem Bett und sogar aus den Schreibtischschubladen hervor. Es wartet darauf, dass sich die Zeit zurückdreht und Georg wieder vierzehn, dreizehn, zwölf, elf, zehn, neun, acht Jahre alt ist und mit Zauberkästen, Legosteinen und Plüschtieren spielt.

Vielleicht wird dieses Spielzeug eines Tages bei Georgs Töchtern und Söhnen, Neffen und Nichten landen. Sie werden an denselben Teddyarmen zerren, deren Nähte schon von Georgs Kinderhänden strapaziert worden sind, und dieselben Playmobilfiguren in den Mund stecken, die bereits Georgs Milchzähne erkundet haben.

Doch am meisten Freude wird Georg selbst daran haben. Er wird seinen Kindern dabei zusehen, wie sie dieselben Puzzles legen und Rettungseinsätze im Kleiderschrank spielen. Sie werden sein altes Holzschwert schwingen, aber niemals so viel Spaß haben wie Georg, der durch seine Kinder selbst wieder das Kind in sich entdecken wird. Er wird Playmobilhäuser aufbauen, um sie seinen Kindern zu Weihnachten zu schenken, und die besten Tipps zum Bauen von Legopferdeställen geben. Die Stoffhunde und Plüschkatzen wird er mit verstellter Stimme zum Leben erwecken und ihnen Begräbnisse organisieren, wenn sie schlussendlich auseinanderfallen.

Georg wird nicht nur für seine Kinder leben, er wird *mit* ihnen leben. Er wird mit ihnen wieder jünger werden und seine Tage auf den Knien verbringen, die er seit seiner eigenen Kindheit nicht mehr so beansprucht hat. Bei Gartenfesten wird er mit den Kindern im Garten herumtollen, und Emmas Freundinnen werden staunen und ihre eigenen Männer beäugen, die Torte essen und Bier trinken, und Emma um Georg beneiden.

Und Emma?

Emma wird lächeln, wird Georg zusehen, wie er wieder zum Kind wird, und glücklich darüber sein, dass sie die richtige Entscheidung getroffen hat.

Emma setzt sich auf das Bett. Unter ihrem Gewicht

sinkt die Matratze ein. Wieso ist sie ausgerechnet hierhergekommen? Sie blickt in die Gesichter der Stofftiere und fühlt sich schuldig, als hätte sie ihnen wehgetan und nicht sich selbst. Die Stofftiere wachsen und werden zu Richtern, erklären sie für schuldig und verhängen das Urteil über sie. Keine Todesstrafe, kein Gefängnis, keine Strafzahlungen.

Sie strafen Emma mit Gewissensbissen.

Falls Emma ihr Leben tatsächlich mit Georg verbringen wird, muss sie es auf einer Lüge aufbauen. Jedes Mal, wenn sie ihn küsst, wird sie sich daran erinnern, dass sie seinen Bruder geküsst hat. Sie wird sich wie eine Hochstaplerin fühlen, wenn sie merkt, was für ein guter und ehrlicher Mensch Georg wirklich ist. Nach ein paar Jahren, einer Heirat, zwei oder drei Kindern, ein paar gemeinsamen Urlauben und Weihnachtsfesten wird sie langsam vergessen, was sie getan hat. Die Erinnerung wird verblassen. Scham und Lüge werden so stark in ihr Leben verflochten sein, dass sie sie nicht mehr bemerken wird. Bis die Kinder größer werden und Emma sich in Gesprächen mit ihrer pubertierenden Tochter wieder bewusst macht, auf welcher Lüge ihr Leben basiert. Sie wird ihre Tochter dann vor all den Dingen warnen, die sie selbst am liebsten rückgängig machen würde. Von der Vergangenheit eingeholt, wird Emma sich verändern und sich von Georg entfremden. Er wird nicht verstehen, was mit ihr passiert, und sie vielleicht irgendwann auch betrügen, weil ihre Ehe immer brüchiger wird. Aber weil er nicht so stark ist wie sie, wird alles auffliegen und Emma ihm als die Betrogene entgegentreten, in sein aufgelöstes Mienenspiel aus Angst, Reue, Scham und Verzweiflung blicken, seine Hände in ihre nehmen und ihm in diesem Moment näher sein als je zuvor. Und endlich wird sie sich selbst verzeihen können.

Dann wird sie ihm alles erzählen. Vermutlich wird sie nicht Valentins Namen erwähnen, aber sie wird ihm gestehen, was sie getan hat. Was Georg in eine eigenartige Situation bringen wird: Als Schuldiger hat er den Raum betreten, verlassen wird er ihn als Richter. Sie werden beide über den anderen urteilen und sich dabei selbst entlasten.

So wird die Schuld, die Emma in einer Partynacht im April ihres sechsundzwanzigsten Lebensjahres zum zweiten Mal auf sich lädt, Jahrzehnte später womöglich ihre Ehe retten.

Die bittere Erkenntnis darüber, was sie getan hat, ist nicht der einzige Grund gewesen, warum sie von solch einer Panik und Verzweiflung ergriffen wurde und die Tanzfläche fluchtartig verlassen hat. Den ganzen Abend lang war sie schon in einer merkwürdigen Schwebe gewesen. Als wären ihre Ohren verschlagen, aber seltsamerweise hörte sie alles nicht dumpf, sondern doppelt so laut.

Sie wollte weg von der Party, hat sich aber stattdessen tragen lassen von der Stimmung und der Musik, obwohl ihr alles zu viel war, was auf sie eingeprasselt ist: Menschengerede, Menschengelächter, Menschenkörper, Menschenstimmen, Menschen. Emma ist normalerweise nicht von solchen Situationen überfordert. Sie mag Partys nicht sonderlich, aber Platzangst hat sie noch nie bekommen.

Doch vorhin auf der Tanzfläche: diese Veränderung der Musik, der Takt schlug im Wettstreit mit ihrem Herzklopfen, ihre innere und die äußere Welt standen in Dissonanz zueinander. So etwas hat sie noch nie gefühlt.

Sie muss an ihre Mutter denken. Wie blass sie immer wurde, wenn es um sie herum zu laut war. Wie schnell ihre gute Laune in Panik umschlagen konnte, wenn ihr alles zu viel wurde. Wie schnell sie Einkaufszentren überfordert und Feiern ermüdet hatten. Früher hat Emma das nicht verstanden, aber jetzt kann sie nachvollziehen, wie sich ihre Mutter in solchen Situationen gefühlt haben muss. Eingezwängt in die eigene Haut, die sich plötzlich zu eng anfühlt. Sie hat noch nie hinterfragt, warum sie stets um ihre Mutter kämpfen musste – diesen über alles geliebten und gehassten Menschen, der aus irgendeinem Grund ihre Mutter geworden war. Sie fragt sich, ob sie deswegen immer um sie und mit ihr und gegen sie gekämpft hat, weil sie ihr viel ähnlicher ist als gedacht.

Eine Aufforderung: Leben wir wie Seiltänzerinnen: Balancierend über dem Abgrund – Lebenskünstlerinnen.

Emmas Mutter

Hals über Kopf hat sie sich in ihr Leben gestürzt. Den ersten Mann geheiratet, den sie geliebt hat, weißes Kleid, Hochzeitstorte, dann kam das Kind und mit dem Kind Kindergarten, Schule, Geburtstagsfeiern, alles zum rechten Zeitpunkt, so wie es sich gehörte. Bei allem war sie ungeduldig, und vielleicht liegt es daran, dass sie nie warten konnte und deshalb alles immer sofort haben musste. Sofort ist oft zu früh.

Sie sind viel gereist. Amerika, Australien, Europa, sogar bis nach Südafrika sind sie gekommen, ohne Fußspuren zu hinterlassen, weil sie mit Zug, Auto und Flugzeug unterwegs waren. Die Menschen behaupten, dass man sich auf Reisen selbst kennenlernt. Womöglich gehört sie zu den Leuten, die Flügel suchen, weil sie keine Wurzeln haben.

Heute liegt hinter ihr das Klischee eines Lebens. Vielleicht hätte sie mehr auf ihr Bauchgefühl hören sollen. Jede Vorstellung zerbröselt doch zwischen den

Fingern, wenn man sie zu fest anpackt. Sie zieht seit Jahren eine Sandspur hinter sich her.

Sie hat sich in ihrem eigenen Irrgarten aus Zukunftsplänen verlaufen.

Sie hat ihren *Kairos* verpasst. Aber vielleicht gibt es im Leben ja mehrere davon?

Eine Liste: ein Bleistift / eine Parkbank /
ein Lesezeichen / ein Haargummi / ein März /
eine Kupfermünze / eine Emma.

Emma

Sie muss zu ihr. Sie muss zu ihrer Mutter. Die Entscheidung fällt binnen Sekunden. Sie tastet nach dem Autoschlüssel in ihrer Jackentasche und bahnt sich einen Weg aus dem dunklen Haus. Die Welt um sie herum wird unscharf, aber sie sieht alles klar vor sich. Es ist niemals zu spät für Mutter und Tochter. Gibt es denn eine stärkere Bindung? Ineinander verwachsen, miteinander verflochten, auseinander gewachsen. Es *kann* niemals zu spät sein. Ich kann alles noch geradebiegen, sagt sie sich vor wie ein Mantra. *Ich kann alles noch geradebiegen.*

Und so wie Emma einst den Körper ihrer Mutter aufgebrochen hat, als sie geboren wurde, so wird sie jetzt die Scherben aufsammeln und ihn wieder kitten. Dann wird alles sein, wie es schon immer hätte sein sollen: gemeinsame Kinobesuche, gemeinsames Kuchenbacken, gemeinsames Adventkranzflechten, gemeinsame Spa-Wochenenden, gemeinsame Urlaube in den Bergen mit lauen Sommerabenden auf einem Balkon, Nachtfalter im flüssigen Wachs der Kerze. Gemeinsames Rotweintrinken, gemeinsame Geburtstagsfeiern, gemeinsames Familiesein.

Vielleicht können sie alles nachholen, was hätte sein sollen. In dem Moment, als ihr bewusst wird, wie ähnlich sie ihrer Mutter ist, fällt eine Barriere. Eine Barriere zwischen Mutter und Tochter. Eine lebensgroße Fruchtblase, die endlich geplatzt ist. An ihre Stelle tritt nun eine Leere, die darauf wartet, gefüllt zu werden. Emma will wieder die Tochter ihrer Mutter sein; eine Tochter, die tut, was die Mutter nicht kann. Sie geht in Richtung Auto.

Klirrende Armreifen. Hallo, Emma, ruft Sophie, die ihr beim Gartentor entgegenkommt, ihr neues grünes Kleid tragend und zwei Weinflaschen in jeder Hand, du willst doch nicht schon gehen, oder?

Emma ist so überrascht, sie zu sehen, dass sie keinen ganzen Satz herausbringt.

Sophie stellt die Flaschen ab und runzelt die Stirn. Alles okay?

Ja ja, ich habe es nur eilig, ich muss dringend weg.

Eilig?, wiederholt Sophie. Wie kann man es denn um halb elf in der Nacht eilig haben? Hast du einen Termin? Sie lacht.

Emma entzieht Sophie ihren Arm, nach dem diese

gegriffen hat. Der Autoschlüssel gräbt sich in ihre Handfläche.

Was ist denn los?

Nichts, ich muss zu meiner Mutter.

Zu deiner Mutter? Es ist spät, deine Mutter schläft vielleicht schon.

Das ist mir egal, ich habe einen Schlüssel, ich schlafe auf dem Sofa …

Kann das nicht bis morgen früh warten?

Morgen muss ich auf die Uni, da habe ich keine Zeit, und nein, es muss jetzt sein, bevor ich es mir noch anders überlege.

Aber was willst du denn von ihr? Mitten in der Nacht?

Sophie starrt Emma an, als hätte sie den Verstand verloren, aber sie kann sie nicht verstehen, denn Emma redet mit niemandem über ihre Mutter, auch nicht mit Sophie, alles bleibt ihr im Hals stecken und rutscht ihr wieder in den Magen zurück, wo es sich zu einem ungesunden Knäuel ungesagter Worte verknotet.

Du verstehst mich nicht, lass mich gehen, fügt sie verärgert hinzu, denn Sophie hält sie schon wieder am Arm fest, und zur Abwechslung klirren ihre Armreifen nicht.

Natürlich verstehe ich das nicht, du sprichst ja nie über deine Mutter und versuchst nicht mal, es mir zu erklären.

Muss ich das?, fragt Emma angriffslustiger als beabsichtigt und fügt beschwichtigend hinzu: Ich erkläre es dir ein andermal.

Weißt du, wie oft du das schon gesagt hast? Und hast du mit mir jemals über deine Mutter gesprochen?

Ich rede eben nicht gerne über meine Mutter! Emma ist zornig.

Nein, erwidert Sophie, aber sie zerstört dich, merkst du das nicht? Sie macht dein Leben kaputt, weil du ihr ständig nachläufst, obwohl du nie etwas von ihr zurückbekommen wirst.

Sie hat gewusst, dass Sophie so reagieren würde.

Das stimmt nicht, sagt sie. Ich laufe ihr nicht nach.

Oh doch, und das weißt du besser als ich. Wenn du weiterhin alles in dich hineinfrisst, wirst du irgendwann genauso verbittert wie deine Mutter und das nicht erst mit fast fünfzig.

Sie hat ihren wunden Punkt getroffen, ihre größte Angst. Aber Emma wehrt Sophie weiterhin ab. Sie müsse mit niemandem reden, schon gar nicht mit ihr. Außerdem hat Sophie kein Recht, einfach so in ihren Wunden herumzustochern, das steht ihr nicht zu, das ist zu intim. Und niemand darf Emma mehr verletzen, als sie es selbst tut, das ist ein ungeschriebenes Gesetz. Denn wenn sie sich selbst verletzt, dann behält sie immerhin die Kontrolle darüber, bei anderen nicht. Und schon gar nicht bei

Sophie. Sophie mit ihren Armreifen und ihrem *Chicago-Bulls*-T-Shirt, Sophie mit ihrer Kuhherde, Sophie, die sich vor dem Spiegel dreht und das Aux-Kabel nicht findet, Sophie, die wegen Valentin geheult hat, in Wirklichkeit aber gar nicht deswegen, das dachte Emma damals nur. Sophie hätte wegen Typen wie Valentin niemals so geheult, das hätte Emma klar sein müssen, als sie sich in ihren Armen ausgeweint hat. Emma hat über den Rücken ihrer Freundin gestrichen, auf und ab, nach links und rechts, als wollte sie sich eine neue Sophie formen.

Und mit wem redest du sonst?, schimpft Sophie, ich bin zufällig deine beste und leider auch einzige Freundin.

Du bist nicht meine einzige Freundin.

Ja, vielleicht nicht. Sophie lacht trocken auf. Aber mit wem triffst du dich denn sonst? Mit wem sprichst du über Dinge, die dich beschäftigen, wenn du es nicht mit mir tust?

Mit Georg, erwidert Emma, ich brauche nicht so viele Freunde wie du, weil ich nicht so abhängig von anderen bin. Ich kann gut für mich allein sein und laufe nicht jedem nach, nur um noch mehr Freunde zu haben.

Das tue ich nicht, sagt Sophie wütend.

Doch, das tust du. Du hältst es nicht aus, allein zu sein.

Emma sieht sich nach ihrem Auto um, das sie auf der gegenüberliegenden Straßenseite geparkt hat.

Ich habe langsam das Gefühl, du willst nicht mit mir über deine Mutter reden, weil du mir nicht vertraust, sagt Sophie. Die Buchstaben hacken sich ihren Weg in Emmas Ohren. Du hast Angst, dass ich dich besser kennenlerne. Du hast generell Angst, jemanden an dich heranzulassen, wahrscheinlich, weil deine Mutter dich nie an sich herangelassen hat. Und weil sie dich enttäuscht hat, befürchtest du, dass du immer enttäuscht werden wirst. Sei ehrlich, ist das nicht auch der Grund, warum Georg immer noch nicht da ist? Er ist schließlich nicht dumm, er merkt doch, dass du nicht mal ihm vertraust.

Emma spürt eine unbändige Wut in sich aufsteigen, eine Wut, vor der sie Angst haben sollte, aber dazu fehlt ihr die Zeit. Selbst Angst braucht Zeit. Sie will Sophie anschreien. Oder einfach davonlaufen. Oder spöttisch reagieren. Aber nichts davon ist genug. Also greift sie nach einer von Sophies Weinflaschen und schleudert sie auf den Boden. Sie zerbricht auf dem Beton und funkelnde, in Weißwein getauchte Scherben springen in alle Richtungen. Sie hat das Gefühl, als sei nicht sie selbst es, die *Sei ruhig!* schreit. Das muss jemand anders sein, die Stimme klingt so fremd. Sophies Mund klappt auf und zu wie in einer Zeichentrickserie.

Tut mir leid, stammelt Emma, ich weiß nicht, was …

Mir auch, sagt Sophie schnell, ich hätte nicht …

Die ausgesprochenen Worte hängen in der Luft. Beide sehen aneinander vorbei, waten in ihren stillen Entschuldigungen. Dann nimmt Sophie Emmas Hand und führt sie aus dem Garten, hinaus auf den Gehsteig, wo eine Bank steht. Zusammengeschrumpft, aber sich krampfhaft aneinander festklammernd sitzen sie da, als könnten sie sich nur gegenseitig davor bewahren, in ihren eigenen Abgrund zu fallen und sich dort zu verlieren.

So verharren sie eine Weile im gelben Schein der Straßenlaterne, die gedämpften Stimmen der Partygäste dringen zu ihnen. Sie haben sich noch nie gestritten, und wie es immer ist, wenn man sich zum ersten Mal mit jemandem streitet, verändert es einen, plötzlich weiß man, dass man mit dieser Person streiten *kann*, auch wenn man es nicht für möglich gehalten hat.

Hat man sich aber noch nie gestritten, kennt man die Rollenverteilung nicht, weiß nicht, wer auf den anderen zukommt, wer sich entschuldigt, wer das Schweigen bricht und wer stur ist. Man weiß nicht, ob man das Thema noch einmal aufgreifen soll oder nicht, und so warten beide darauf, dass die andere etwas tut.

Emma und Sophie schweigen, und vielleicht begreifen sie, dass in diesem gemeinsamen Schweigen genau das liegt, was sie jetzt brauchen. Das Schweigen als Nährboden für all die Worte, die nicht folgen werden.

Als Sophies Finger aus ihren gleiten und sie ihr zulächelt, hat Emma kein Verlangen danach, sie festzuhalten. Sie lässt sie gehen.

Es geschah vergangenen Sommer. Sophie war für eine Nacht im Krankenhaus, weil sie nach einem Mopedunfall eine leichte Gehirnerschütterung hatte. Sophie gefiel es im Krankenhaus, und Emma besuchte sie. Sie wollte immer schon einmal jemanden im Krankenhaus besuchen, mit Blumen und allem Drum und Dran. Vorher ging sie noch in die Cafeteria, um einen Kaffee hinunterzukippen. Sie hat nach dem Plastikdeckel gefingert, den man über den Pappbecher stülpt, und dann zwei in der Hand gehalten. Weil sie nicht wusste, was sie mit dem zweiten anstellen sollte, hat sie sich über dieses System geärgert. Schlussendlich hat sie den zweiten Deckel nicht weggeworfen, sondern neben die Maschine gelegt, obwohl sie wusste, dass ihn sich niemand nehmen würde.

Während der Kaffee in den Becher lief, hörte sie Sophies Stimme. Sie saß am Fenster hinter einer Topfpflanze und war mit einer Studienkollegin ins Gespräch vertieft. Emma wollte zu ihnen stoßen, blieb dann jedoch stehen, weil sie ihren Namen hörte. Da wurde sie neugierig. Und dann sagte Sophie, dass sie in Emma verliebt sei. Nein, dass sie sie liebe. Auf der Silvesterparty sei es passiert. Da habe sie Emma und Georg dabei zugesehen, wie sie die Feuerwerkskörper vorbereitet hätten. Die Augen ihrer Freundinnen seien alle auf Georg gerichtet gewesen, nur sie habe ausschließlich auf Emma geachtet. Und wie sie das gemacht habe, wie sie sich bewegt, wie sie mit den anderen gesprochen, wie sie gelacht habe, da habe Sophie plötzlich gewusst, dass sich zwischen ihr und ihrer besten Freundin etwas verändert habe. Dass sie Emma liebe. Im selben Moment habe sie gewusst, dass sie sie nicht lieben dürfe. Ob Emma davon wisse, fragte die Freundin. Nein, sagte Sophie, und sie soll es auch niemals erfahren.

Doch Emma hat alles gehört. Sie hat sich umgedreht und ist nach Hause gefahren, aber die Blumen muss sie in der Cafeteria liegen gelassen haben, denn als sie in der Wohnung ankam, waren ihre Hände leer.

Von dem Tag an war Emma gespalten in ein wütendes und ein trauriges Ich. Sie hat versucht, sich damit zu arrangieren.

Emma fragt sich, was passieren wird, wenn Georg wieder zurück ist, auch wenn sich mittlerweile alles wieder beruhigt hat. Doch mehr Sorgen macht sie sich darum, dass sich ihre Gefühlswelt noch weiter aufgesplittert hat. Jetzt sind es drei Teile, die sich in ihr bekriegen, jedes Mal, wenn sie Sophie sieht. Die Wut. Die Traurigkeit. Und die Frage, warum sie Sophie trotz allem noch so gern hat.

Die Blicke im Spiegel der Umkleidekabine.

Ist was?, hat Sophie gefragt.

Nein, nein, hat Emma geantwortet. Dabei war doch etwas gewesen.

Kurz bevor sie bei ihrem Auto angekommen ist, bleibt sie stehen und schiebt den Schlüssel zurück in die Jackentasche. Dreht sich um, geht wieder zum Gartenzaun und an ihm entlang, bis sie hinter das Haus sehen kann. Ihre Augen suchen Sophie, die unter einem Baum voller Lampions steht, ein Glas in der Hand, mit ein paar Leuten im Gespräch.

Emma bemerkt nicht, dass sie zu weinen beginnt. Die Eisenstangen zwischen ihren Fingern sind kalt und rau. Sophies Mund bewegt sich. Er lacht, er trinkt, er spricht, er kneift sich zusammen, er öffnet sich. Einmal bildet sie sich ein, trotz der lauten Musik ihre Armreifen klirren zu hören.

Am liebsten würde sie mit ihrer Freundin reden. Ihr alles sagen. Aber sie kann es nicht, weil sie weiß, dass sie dann alles verlieren würde. Etwas hält sie zurück. Eine Hürde stellt sich ihr in den Weg: die Hürde der Freundschaft.

Eine Erklärung: Sie hat Angst, dass sich das Gedankenkarussell immer schneller dreht und sich die Gedanken gegenseitig den Raum zum Wachsen nehmen und verkümmern.

Emmas Mutter

Neben ihr auf dem Leintuch lag ein neues Leben. Das Kind wirkte zu klein für diese Welt, es passte nicht hierher. Als sie von ihrer Schwangerschaft erfahren hatte, war etwas in ihr zerbrochen. Sie hatte sich nicht mit dem Gedanken anfreunden können, ihren Körper teilen zu müssen. War nicht bereit gewesen, etwas von sich zu geben, um einem anderen Menschen zum Leben zu verhelfen.

Sie sah das Kind an und konnte immer noch nicht verstehen, wie dieses Wesen in ihr herangewachsen sein sollte. Wie konnte sich ein zweites Herz in ihrem Körper gebildet haben?

Sie betrachtete das Mädchen, als wäre es ein Fremdkörper, dabei war es alles andere als das. Es war ihr eigener Körper. Oder zumindest ein Teil davon. Das Kind sah friedlich aus. Wie kann das sein? Ich bin doch ein so unruhiger Mensch. Wie konnte ich etwas so Friedliches erschaffen?

Obwohl sie sich so umfassend informiert hatte, fühlte sie sich vollkommen unvorbereitet. Sie hatte Angst, dass das nicht normal war. In diesem Moment bereute sie es, nie mit ihrer Mutter darüber gesprochen, niemals nachgefragt zu haben, wie es ihr nach den Geburten erging.

Sie war immer nur eine Tochter gewesen, jetzt wurde sie über Nacht zur Mutter. Seltsam, denkt sie, wie sich alles im Lauf der Zeit verändert.

Sie verlässt ihr Zimmer, findet sowohl Küche als auch Wohnzimmer leer vor. Überrascht sieht sie im Schlafzimmer nach, aber da ist er auch nicht. Sie greift nach dem Handy und wählt seine Nummer. Mailbox. Da entdeckt sie auf dem Kühlschrank eine Notiz: *Bin kurz spazieren. Wollte dich nicht stören. Kuss.*

Sie ist beruhigt, lässt sich erleichtert auf einen Stuhl fallen. Diese kurzen Augenblicke der Ungewissheit reichen aus, um sich Sorgen zu machen. Seit vergangenem Frühjahr macht sie sich oft Sorgen. Sie hat Angst, dass ihm etwas passiert, auch wenn er nur eine Minute lang weg ist.

Da kommt er schon zur Tür herein, und noch bevor er die Schuhe ausgezogen hat, fällt sie ihm um den Hals. Er lacht, sein Gesicht ist kalt, es ist schließlich Herbst und jeden Tag sinken die Temperaturen ein bisschen mehr.

Ich will wieder ein gemeinsames Schlafzimmer, sagt sie, obwohl du vermutlich immer noch schnarchst.

Ich kann nichts versprechen, erwidert er. Und dann lachen sie wie zwei Teenager, die beschließen zusammenzuziehen, bevor sie überhaupt von zu Hause ausgezogen sind.

*Eine Feststellung: Aus dem
Puppenhaus ihrer Kindheit geworfen –
ohne Fallschirm.*

Emma

Als sie ihre Hände von den Eisenstangen des Zauns löst, bleiben zwei kalte, rote Abdrücke auf ihren Handflächen zurück. Welche Bedeutung würden sie wohl haben, wären sie echte Handlinien? Würden sie ihr klar und deutlich den Weg weisen? Sie hört jemanden hinter sich, Emma, was machst du denn hier?

Valentin. Ihre Stimme klingt erschöpft, obwohl sie es gar nicht ist. Bitte lass mich, ich muss jetzt gehen.

Das lasse ich nicht zu.

Das ist mir egal.

Er tritt näher an sie heran, greift nach ihren Händen, seine Daumen kreisen über die Kerben des Zauns. Sie merkt, dass sein Kopf voller Fragen ist. Aber vielleicht, denkt sie, will er gar nicht hören, was mit mir los ist. Vielleicht will er nur Spaß und nichts von den ernsten Dingen wissen. Den Spuren, die diese ganze Sache zurücklässt. Wenn er glaubt, es wird keine geben, dann täuscht er sich. Alles hinterlässt Spuren. Mit jeder Tat drückt man der Welt einen Stempel auf, verewigt sich. Womöglich sieht er seine Spuren nicht, weil er nicht zurückblickt, doch sie tut es. Sie ist eine konsequente Zurückblickerin.

Wir reden ein andermal, okay?, sagt sie ausweichend und platziert ein Lächeln auf ihrem Gesicht.

Ich habe dich gesucht, sagt er, wieso bist du davongelaufen?

Nicht jetzt, wir reden …

Nein, fällt Valentin ihr ins Wort, ich will wissen, was mit dir los ist!

Ich sage dir, was los ist, entgegnet sie, ich beende diese Geschichte zwischen uns. Keine Ahnung, was das war, aber es hat keine Zukunft, und ich bereue es. Ich bin mit Georg zusammen.

Ich finde nicht, dass es ein Fehler war, sagt er, alle Emotionen weglassend, als filterten seine Worte die dahinterliegenden Gefühle und nach außen dringt nur die pure Essenz dessen, was er eigentlich sagen will.

Sie lacht. Was war es denn sonst?

Hör zu, sagt er, ich weiß, dass es nicht ideal ist. Ich bin nicht so gefühllos, wie du denkst, ich habe auch Gewissensbisse wegen Georg. Er ist schließlich mein Bruder.

Gut, sagt sie, dann ist dir hoffentlich klar, dass wir das beenden müssen. Warum sollten wir es denn noch aufrechterhalten?

Einen Moment lang hat sie das Gefühl, eine Antwort in seinen Zügen zu lesen. Aber er sagt nichts mehr. Er hält sie auch nicht fest, als sie ihn kurz am Arm berührt und zum Auto geht. Er ruft ihr auch nicht nach. Er ist eben doch nur Valentin und nicht Georg und schon gar nicht Sophie.

Im Auto: wie abgeschnitten von der Welt. Sie startet den Motor, fährt los. Nach ein paar Kilometern bleibt sie in einer Straßenbucht stehen und zieht die Handbremse an. Es ist dunkel auf der Landstraße. Wieder diese Stille in ihrem Kopf. Sie überdeckt Emmas Gedankengänge. Ihre Finger klammern sich an das Lenkrad, obwohl sie längst nicht mehr fährt. Ihr ist kalt und gleichzeitig heiß, ein Schweißfilm bildet sich auf ihrer Stirn. Sie lässt alle vier Fensterscheiben herunter.

Sie muss nachdenken, weiß nicht, was sie tun soll. Ist hilflos. Will sich am liebsten verkriechen und es anderen überlassen, sich um ihre Probleme zu kümmern. Aber wer würde das schon tun?

Das ist es, denkt sie, was das Erwachsenwerden so schwierig macht: Man wird aus einer Welt gepflückt, die andere für einen gestaltet haben, Eltern und Freunde, und wacht in einer Welt auf, die man sich erstmals selbst zurechtbasteln muss, ohne gelernt zu haben, wie das geht. Man *ent*wächst einer alten Zeit und *er*wächst sich eine neue.

Die beiden Möglichkeiten ihrer selbst: auf der einen Seite die Emma, die auf den Bildern abgelichtet sein wird, die Emma mit Georg. Auf der anderen die Emma, die nicht mehr in den Rahmen passen wird, den ihr bisheriges Leben für sie geschnitzt hat. Vielleicht nicht die Emma mit Valentin, aber vielleicht die Emma ohne Mann. Oder mit Sophie.

Zum ersten Mal wird ihr bewusst, dass es so eine Zukunft tatsächlich für sie geben könnte. Dass es nirgendwo geschrieben steht, wie Emma auf den Fotos abgelichtet sein muss. Dass diese Wirklichkeit bisher nur in ihrem Kopf existiert hat. Dass sie selbst entscheiden kann, was sie tut und was nicht und über alles andere dazwischen auch.

Mit Georg wird sie nie in andere Welten reisen können, aber sie werden es in dieser Welt schön haben. Sie wird niemals Abenteuer erleben, ihre Beziehung wird nicht wie in den Filmen verlaufen, und eines Tages wird sie sich fragen: Ist das alles? Und trotzdem wäre sie glücklich, aber es wäre eine beständige Freude, eine, die zur Geradlinigkeit ihres Namens passt, eine gleichmäßige Bergkette, ohne Schluchten, aber auch ohne Gipfel.

Wäre sie zufrieden mit so einem Leben? Vermutlich schon, hätte sie nicht so viele Liebesfilme gesehen.

Mit Valentin – oder mit jemandem wie ihm – wäre es definitiv anders. Valentin ist das komplette Gegenteil seines Bruders: nicht verantwortungsvoll, kein Traumvater, kein ambitionierter Student. Valentin ist der Typ, mit dem man zusammen ist, bevor man einen anderen heiratet. Von dem man seinen Kindern erzählt, ja, er war meine Jugendliebe, wir hatten eine aufregende Zeit, aber dann habe ich euren Vater kennengelernt und gewusst, er ist der Richtige. Mit Valentin könnte sie frei sein auf eine Art und Weise, die mit Georg niemals möglich wäre. Er würde immer wieder von seinem Lebensweg abweichen und sei es auch nur aus dem Grund, weil es sonst langweilig würde.

Valentin ist ganz anders als Emma, das ist ihr bewusst. Sie ist wie Georg. Und dennoch gibt es einen winzigen Teil in ihr, der auch so sein möchte wie Valentin. Unbeschwert und in den Tag hineinlebend.

Als Kind hat sie von einer Familie geträumt, einem Haus, Garten und Hund. Und wenn sie ehrlich ist, denkt sie immer noch so, egal, wie klischeehaft diese Vorstellung klingen mag. Mit Georg wird sie eines Tages all das haben. Er würde sie nie verlassen und immer für sie da sein.

Von Anfang an war ihr bewusst, dass er sie mehr liebt als sie ihn, aber das stört sie nicht. Außerdem muss man das Leben mit seinem Partner mehr lieben als den Partner selbst. Und ein Leben mit Georg wäre genau das Richtige für sie, es wäre die sichere Entscheidung. Der einfache Weg. Es gäbe keine außerbürgerlichen Überraschungen, keine Stolperfallen.

Sie schließt die Fenster und dreht die Heizung auf. Das alles hat nun ein Ende. Ich habe es Valentin gesagt, und bald kommt Georg zurück. Ich werde ihm nächstes Jahr einen Antrag machen, falls er es nicht zuerst tut. Er wird mich glücklich machen, auf seine Art.

Sie ist ruhiger, nachdem sie alles durchdacht hat. Die Dinge liegen nun vor ihr – aufgereiht und sortiert. Sie schaut auf die Uhr, es ist später als gedacht. Ob sie ihre Mutter noch erwischt? Vermutlich nicht.

Der Motor fährt wieder hoch. Sie tritt auf das Gaspedal und parkt aus. Beschleunigt, dreht das Fernlicht an.

Eine Frage: Wie viele
Möglichkeiten kann man leben,
bevor es zu viele werden?

Emma

Sie stürmt das Treppenhaus hinauf, in die Wohnung ihrer Eltern, sie hat ja einen Schlüssel und damit unbegrenzten Zugang zu einer Welt, zu der sie eigentlich keinen unbegrenzten Zugang haben möchte. Ihre Mutter fährt zusammen. Sie ist noch wach.

Ich bin jetzt da, sagt Emma. Dann reden sie. Versuchen zu reden. Aber so einfach ist das nicht.

Willst du einen Tee?, fragt Emmas Mutter.

Nein, sagt Emma.

Kaffee?

Nein.

Gut.

In Emmas Brustkorb beginnt es zu wühlen, sie atmet tief durch. Sie muss heute Abend die Starke bleiben, denn ihre Mutter ist es nicht.

Setz dich, sagt sie. Und ihre Mutter setzt sich. Ich bin dir nicht böse, sagt Emma und zwingt sich, ihrer Mutter in die Augen zu sehen. Ich habe dir alles verziehen. Ich habe viel darüber nachgedacht und mir ist klar geworden, dass ich dir vergeben habe.

Sie sieht die Tränen in den Augen ihrer Mutter, Tränen auf dem Glasblau. Ihre Augen wirken fragil, durchsichtig, als könnte man durch sie hindurchsehen.

Das klingt jetzt hart, spricht sie weiter, aber du musst nichts sagen, ich bin eigentlich nur hergekommen, um dir etwas zu sagen. Du weißt, dass du mich nie wie deine Tochter geliebt hast. Ich weiß nicht wieso, aber es war immer dieser Spalt zwischen uns. Ich bin so aufgewachsen und fand es normal. Doch irgendwann habe ich bemerkt, dass es nicht so sein sollte. Dann habe ich begonnen, mich zu fragen, was ich falsch gemacht habe.

Das stimmt nicht, bricht es aus ihrer Mutter heraus. Das stimmt nicht. Brüchige Stimme. Du hast keine Ahnung davon, wie sehr ich dich immer geliebt habe.

Findest du nicht, ich hätte eine Erklärung verdient?, fragt Emma und im selben Moment will sie sich auf die Zunge beißen. Sie ist noch nicht so weit, ich hätte diese Frage noch nicht stellen dürfen. Sie wird sich wieder nur vor mir verschließen.

Gut, sagt ihre Mutter jedoch, gut. Sie kneift die Augen zusammen, als würde es ihr helfen, für einen Moment weniger zu sehen. Du warst zu früh da, das war wohl das größte Problem.

Eine Frühgeburt?

Nein. Nein. Das nicht. Nicht zu früh, nicht zu spät. Zum perfekten Zeitpunkt. Aus medizinischer Sicht jedenfalls. Du hast nichts falsch gemacht. Es lag immer nur an mir.

Was lag an dir?

Ich war zu früh mit dir schwanger! Du warst auf der Welt, ehe ich bereit war für ein Kind. Ich wollte immer Kinder, ich dachte, es wäre gut, sie so früh wie möglich zu bekommen, wenn man noch jung ist und geduldig, so gehört es sich ja auch. Aber eigentlich wollte ich nicht, noch nicht. Und als du dann neben mir auf dem Bett lagst, war mir das plötzlich klar. Ich hätte auf *mich* hören sollen, auf mein Bauchgefühl, aber ich habe nur daran gedacht, was gut ist und wie es alle anderen machen. Aber als du dann da warst … Ich habe dich trotzdem geliebt. Wir haben dich beide von Anfang an geliebt. Doch ich hatte auch Angst. Angst, dass du mich irgendwann nicht mehr brauchen wirst. Dass du mich verletzen wirst. Und dass du mich verletzlich machst.

Sie macht eine Pause.

Willst du jetzt einen Tee?

Nein, sagt Emma.

Vielleicht was zu ess…

Nein, ruft Emma, lenk nicht dauernd ab! Bleib doch einmal bei der Sache.

Gut.

Ich habe das nicht gewusst, sagt Emma. Jahrelang habe ich mich gefragt, was ich falsch gemacht habe.

Ihre Mutter kneift erneut die Augen zusammen.

Das erklärt einiges, sagt Emma, aber nicht, wieso du dich in den letzten Jahren so stark verändert hast. Wieso du dich eine Zeit lang nur noch in dein Zimmer verkrochen hast, wieso du deinen Job aufgegeben hast.

Ja, sagt ihre Mutter, ich weiß.

Emma wartet. Sie weiß nicht, was ihre Mutter in diesem Moment sagen, wie sie es erklären könnte, weil sie nur eine vage Ahnung davon hat, was ihre Mutter beschäftigt, wie diese selbst es in Worte fassen würde.

Sie beschwört das Bild wieder und wieder vor ihrem inneren Auge herauf. Sie und ihre Mutter, sich gegenübersitzend. Werden sie irgendwann ihre Masken voreinander ablegen können? Es ärgert sie, dass sie das Gespräch in ihrem Kopf nicht fortführen kann. Sie würde sich gerne vorbereiten auf das, was möglicherweise kommt. Sie will sich überlegen, was ihre Mutter antworten könnte, um zu wissen, wie sie darauf reagieren soll. Aber ihre Ideen versiegen. Das Bild verblasst. Zerfließt zu ihrem Spiegelbild in der dunklen Frontscheibe.

Als sie auf die Autobahn auffährt, drückt die Geschwindigkeit sie in den Sitz.

Eine Frage:
Wo liegt Neuland?

Emmas Vater und Emmas Mutter

Er liegt in seinem Bett, die Decke bis zum Bauchnabel gezogen, die Jalousien heruntergelassen. Der Mond malt Streifen auf die Zimmerdecke. Ihr Kissen und ihre Decke liegen neben ihm, aber sie ist nicht da. Sie telefoniert, er kann ihre gedämpfte Stimme durch die Wand hören. Mit wem spricht sie? Einer Freundin? Ihrer Mutter? Dem Krankenhaus?

Vielleicht ist es Schicksal, denkt er, vielleicht ist alles, was passiert ist, Schicksal. Vielleicht baut man sein ganzes Leben auf einer Kette von Ereignissen auf, die einander bedingen und in die man nicht eingreifen kann.

Es ist schon spät, aber er ist noch nicht müde. Er will noch eine Weile über Emma nachdenken. Er zeichnet sie mit den Augen in die Dunkelheit: Gesicht, Haare, Hals, Schultern. Ein Lächeln. Vorsichtiges Weiß, das zwischen den Lippen hindurchsieht.

Die Stimme seiner Frau ist verklungen. Jetzt wird sie sicher gleich kommen. Er setzt sich auf und bereitet ihre Decke zum Schlafen vor, schüttelt sie und schlägt sie an einer Ecke auf. In der Bewegung hält er inne. Er steht auf und verlässt das Schlafzimmer.

Sie legt auf und das Handy an seinen Platz. Ihr Blick fällt auf den Küchentisch, die vier Stühle. Sie setzt sich. Genau dem Platz gegenüber, an den sich Emma setzen würde, wäre sie jetzt hier. Was würde sie sagen? Würde sie ihr Vorwürfe machen? Sie anbrüllen? Oder – was noch herausfordernder wäre – ihr verzeihen? Wie würde sie selbst sich dann fühlen? Würde sie einen Tee haben wollen oder vielleicht Kaffee? Trinkt sie überhaupt Kaffee? Wären ihre Haare vom Wind zerzaust? Würde sie sie rasch glattstreichen, bevor sie die Wohnung betritt, oder wäre es ihr egal? Welche Farbe hatte ihre Hose, als sie das letzte Mal hier war?

Jedes winzige Detail erscheint ihr wichtig. Doch das alles spielt keine Rolle mehr, denn Emma wird die Treppen nicht hochsteigen und sich ihr auch nicht gegenüber hinsetzen. Es ist egal, ob ihre Haare zerzaust sind oder nicht, weil sie ihre Haare gar nicht sehen wird, genauso wie sie nie erfahren kann, ob ihre Tochter ihr Vorwürfe machen oder ihr verzeihen würde. Es bleibt nur die Erinnerung an ein Gespräch, das nie geführt wurde.

Sie spielt mit ihren Fingern. Ich bin die Übriggebliebene von uns beiden, denkt sie. Ich bin noch hier, weil es immer nur um mich ging, dabei hätte es um sie gehen sollen. Auch jetzt geht es nur um mich. Ich hätte mir die Farbe ihrer Hose merken sollen.

Die Tür vom Schlafzimmer öffnet sich, und sie fährt aus ihren Gedanken hoch. Er setzt sich ihr gegenüber, dorthin, wo eigentlich Emma sitzen sollte. Macht er das absichtlich? Die einzige Lichtquelle kommt von dem kleinen Lämpchen über dem Herd. Es ist schon spät. Sie will nicht fragen, was er vorhat und ob er reden will. Worüber er reden will. Er sieht müde aus. Sie fühlt sich geborgen in seinem Schweigen, in dem Raum, der zwischen ihnen liegt, wenn er nicht mit Worten gefüllt wird.

Das Wasser kocht, und er steht auf, um den Tee aufzugießen. Holt zwei Tassen aus dem Schrank, stellt sie mit der Kanne auf den Tisch. Der Früchtetee greift in fahlen Kringeln um sich, bis das Wasser seine Farblosigkeit verloren hat.

Emmas Bild verblasst. Welche Farbe hatte ihre Hose noch mal?

Sie warten, bis der Tee gezogen hat und ein wenig abgekühlt ist, was dauert. Das einzige Geräusch im Raum ist das Ticken der Uhr.

Ein Trost:
Manche Fesseln
geben auch Halt.

Emma

Emma teilt sich die Straße mit dem Mondlicht. Kein einziges Auto kommt ihr entgegen oder taucht in ihrem Rückspiegel auf. Nur das weiße, fast schon silbrige Licht sickert auf den Beton und die schlecht erkennbare Leitlinie. Wann begreift Emma, dass sie aus dieser Parallelwelt nie wieder herausfinden wird? Zumindest nicht über einen Weg, der zu ihrer Mutter führt. Selbst wenn sie dem Straßenverlauf folgt, wird sie diese nie so erreichen können, wie sie sich das vorstellt.

Als ihr das bewusst wird, tritt sie auf das Bremspedal und fährt in eine Haltebucht umgeben von ein paar gespenstisch dunklen Bäumen. Das Auto bleibt ruckartig stehen, Emma reißt ihren Fuß zu früh von der Kupplung, und der Motor stirbt mit einem letzten Rütteln ab. Jetzt, wo der Wagen stillsteht, kann er dem Mondlicht nicht mehr entfliehen: Es ergießt sich über ihn, schließt ihn in einen Kokon ein, trennt ihn von der restlichen Welt ab.

Was erwartet sie sich eigentlich? Dass ihre Mutter ihr zuhören wird? Dass sie miteinander reden werden wie zwei vernünftige Menschen? Sie würde nur wieder enttäuscht werden. Es wäre ein weiterer Beweis dafür, dass sie ihre Mutter immer noch nicht kennt. Wenn sie künftige Enttäuschungen vermeiden will, muss sie endlich damit aufhören, sich selbst etwas vorzumachen, und akzeptieren, dass ihre Mutter nie die sein wird, die sie sich erhofft.

Der sie auf der Party überwältigende Drang, sie jetzt sofort zu sehen, erscheint ihr nun lächerlich. Vielleicht hat ihre Mutter ja gute Gründe für ihr Verhalten. Vielleicht kann es eine gute Mutter nur dann geben, wenn es auch eine gute Tochter gibt, und vielleicht hat Emma ja in ihrer Funktion als Tochter versagt. Womöglich ist ihre Mutter nur ein Spiegel ihrer eigenen Fehlfunktion. Vielleicht passen sie einfach nicht zusammen, und wären sie bloß zwei Bekannte, wäre das völlig in Ordnung; sie würden sich aus dem Weg gehen, und es wäre kein Problem, dass sie nicht aufeinander zugeschnitten sind. Wie viele Menschen sind das schon? Aber als Mutter und Tochter, als ein Beziehungsgefüge, das seit Jahrhunderten überanalysiert wird, müssen sie sich miteinander beschäftigen. Sie können nicht so tun, als führten sie zwei voneinander unabhängige Existenzen, wenn doch ihre Lebenswege unauflöslich verwoben sind.

Sie wendet und fährt den gleichen Weg wieder zurück. Mit jedem Meter, den sie zwischen sich und ihre Mutter legt, wird der Druck auf ihrer Brust leichter. Sie will tief durchatmen, schafft es aber nicht und verschiebt es auf später. Auf ihre Stirn legt sich eine bleierne Schwere, fast als wäre das Mondlicht durch das Autodach getropft und wabere jetzt durch ihre Gehirnwindungen.

Ihre Wohnung ist ihr ein Zuhause geworden. Vielleicht ist es an der Zeit zu akzeptieren, dass nicht jeder Mensch in ein Zuhause hineingeboren wird. Manche müssen es sich erst selbst bauen.

Zwei Wochen später holt die gesamte Familie Georg vom Flughafen ab. Emma steht neben Georgs Mutter, zwei gelbe Rosen in der Hand, weil sie nicht versteht, warum nur Männer Frauen Blumen schenken dürfen, und versucht, mit sich selbst ins Reine zu kommen. Doch das ist schwieriger als erwartet, keine drei Meter von ihr entfernt steht Valentin, die Haare zerzaust, die Hände in den Hosentaschen seiner verwaschenen Jeans und endlich einmal kein spitzbübisches Lächeln in den Mundwinkeln.

Vielleicht ist sie ja daran schuld. Ihre Finger halten die Rosen so fest, dass sie sich an den winzigen, von der Blumenhändlerin nicht entfernten Dornen sticht. Sie hat sich immer gewünscht, dass Valentin eines Tages sein angeschraubtes spöttisches Grinsen vom Gesicht gewischt wird, aber jetzt fühlt es sich nicht gut an.

Wie jedes Mal, wenn sie an ihn denkt, gelangt sie zu dem Schluss, dass es richtig war, die Sache mit ihm zu beenden. Objektiv betrachtet, passen sie überhaupt nicht zusammen, und die Redewendung *Gegensätze ziehen sich an* mag vielleicht auf Oberflächlichkeiten wie Hobbys und weniger wichtige Charaktereigenschaften zutreffen, ganz sicher nicht auf grundlegende Vorstellungen vom Leben. Die muss man mit seinem Partner teilen. Und die teilen Georg und Emma.

Der Stängel einer Rose bekommt einen Knick, und Emma wischt sich den Pflanzensaft an der Hose ab. Sie hat Georg schon vor ihrer Beziehung geliebt und sie liebt ihn auch jetzt noch. Nur eben nicht so, wie sie immer gedacht hatte, dass sie ihren zukünftigen Mann lieben würde. Die Liebe war für sie in dem Moment, in dem sie über sie hergefallen war, eine Enttäuschung, eine Ernüchterung gewesen. Enttäuschend deshalb, weil sie sich mehr von ihr erwartet hatte. Ernüchternd, weil sie wusste, sie wolle ihr Leben mit Georg verbringen, obwohl die Liebe enttäuschend war. Nie hatte sie gedacht, dass es so einen Zwiespalt geben kann.

Sie ist so in Gedanken versunken, dass sie auffährt, als plötzlich jemand vor ihr steht und ihr die Sicht auf die Schiebetüren der Ankunftshalle verwehrt. Sie will einen Schritt zur Seite machen, da bemerkt sie, dass dieser jemand Georg ist. Sie blinzelt und dann liegt sie auch schon in seinen Armen. Er sagt etwas, aber seine Worte vermischen sich mit den übrigen Flughafengeräuschen zu einem undeutlichen Schwall aus Lauten. Sie ist verwundert, dass ihr Mund es fertigbringt, zu lächeln und etwas zu erwidern.

Vielleicht: Ich habe dich vermisst. Oder: Schön, dass du wieder da bist. Oder: Ich muss dir etwas sagen. Obwohl sie ihm eigentlich gar nichts sagen will.

Auf dem Weg zurück zum Auto liegt Georgs Arm über ihren Schultern. Bisher ist sie immer stolz darauf gewesen, von jemandem wie Georg umarmt zu werden. Es war ein beflügelndes Gefühl, dass ein so selbstsicherer, freundlicher und zukunftsreicher Mann der Öffentlichkeit zeigt, dass sie zu ihm gehört.

Jetzt fühlt sich sein Arm schwer an, und sie widersteht dem Drang, ihn wegzuschieben. Sie will keine Fragen aufwerfen. Und am allerwenigsten den Zweifeln nachgeben, die sich in ihren Gedankengängen eingenistet und es sich so gemütlich gemacht haben, als hätten sie vor, länger zu bleiben.

Früher dachte sie: Wenn ich einen Freund habe und die Liebe zu klein ist, will ich mein Leben nicht mit ihm verbringen. Aber dann kam Georg, und sie verliebte sich in ihn, zum ersten Mal verliebte sie sich, und bald schon hat sie sich gefragt, ob sie ihn auch genug liebt für das Leben, das sie mit ihm führen will. Sie dachte: Wenn ich ihn zu wenig liebe, dann beende ich das eben, dann ist er nicht der Richtige für mich. Doch das wollte sie nicht. Sie wollte ein Leben mit ihm, aber sie wollte ihn auch mehr lieben. Und dann wusste sie nicht mehr, was sie tun sollte.

Eine Beziehung aufzubauen, ist einfacher, als wieder in eine Beziehung zurückzufinden. Damit hatte sich Emma noch nie beschäftigt und jetzt bereut sie, sich nicht wenigstens ein paar Gedanken dazu gemacht zu haben, wie man so etwas anstellt. Sie versucht es mit Routinen. Gemeinsames Frühstück am Wochenende, die Eier viereinhalb Minuten gekocht, sie bereitet zu, deckt den Tisch, er räumt und wäscht ab, wie es immer war und immer sein wird. Sie textet ihm kleine Liebesbotschaften zwischendurch, reserviert zur Feier seiner Rückkehr bei seinem Lieblingsitaliener, sie gehen mit Freunden aus, sind aber in gegenseitigem Einvernehmen die Ersten, die wieder nach Hause gehen. In der Nacht nach Georgs Ankunft ist Emma aufgeregt wie ein junges Mädchen, befürchtet, er könne ihre Geheimnisse an ihrem Körper ablesen, aber er liest nichts ab, sondern der Sex ist routiniert wie vor einem halben Jahr, und Emma weiß nicht, ob sie das erleichtern oder enttäuschen soll. Sie fragt ihn über London aus, will alles wissen, alles erzählt bekommen, weil sie dann weniger erzählen muss, doch irgendwann kommt auch dieser Part. Georg bremst sie in ihren Fragen, legt seine Hand auf ihre und fragt, was bei ihr alles so passiert sei.

Das ist der Augenblick, in dem Emma endgültig merkt, dass sie sich verändert hat. Sie weiß nicht, was sie antworten soll. Dies und das, sagt sie ausweichend und kaschiert ihre Unsicherheit mit einem Lächeln. Nicht viel, um ehrlich zu sein.

Es ist eine Lüge, denn es ist viel passiert in Emmas Leben. Und ihr Kopf ist deswegen so voll, dass es vor dem Einschlafen gegen ihre Schläfen pocht, weil sich die Vorwürfe darin wälzen und hinauswollen. Das, was in den vergangenen Wochen für sie wichtig war, kann sie nicht mit ihm teilen. Sie kann ihm nicht von Valentin erzählen. Sie kann ihm nichts von Sophie sagen und dem belauschten Gespräch im Krankenhaus. Sie kann ihm nichts von ihrer Mutter berichten und den immer noch in ihr keimenden Hoffnungen. Er würde es nicht verstehen. Er würde sich ärgern, wenn sie ihm gestände, dass sie sich immer noch an ihre Mutter klammert, obwohl er und sie schon so oft darüber geredet haben und Emma Georgs Position dazu kennt.

Verlange nicht von ihr, was sie dir nicht geben kann, hat er vor seiner Abreise gesagt. Du hast deinen Vater und du hast mich, du brauchst sie nicht.

Du hast recht, hat Emma geantwortet. Doch das hatte er nicht.

Sie kann ihm also nichts erzählen, aber irgendetwas muss sie ihm sagen und so berichtet sie ihm von all den Dingen, die unwichtig waren, von der Uni, ihrem Job, ihren Erlebnissen, ihren Freunden. Er steigt in ihre Erzählung ein, fragt hier und da nach, lacht über ihre Witze, bringt selbst Anekdoten aus seiner Zeit in London ein, und zum ersten Mal könnte Emma sich mit ihm wieder gut fühlen. Doch wie soll das gehen, wenn all die Dinge, die sie jetzt mit Georg verbinden, für sie unbedeutend geworden sind. Wenn das, was sie eigentlich beschäftigt, nur zwischen den Zeilen gesagt wird. Kann man so den Grundstein für eine gemeinsame Zukunft legen?

Mein Bruder hat übrigens gute Neuigkeiten, sagt Georg später im Bad, und Emma erschrickt so sehr, dass sie den Spiegel mit Zahnpastaflecken besprenkelt. Valentin ist wieder mit Sophie zusammen, fährt Georg fort und beäugt ihre hastigen Versuche, den Spiegel sauber zu machen. Er reicht ihr einen feuchten Waschlappen, und sie hofft, dass er nicht sieht, wie sie errötet. Sie tut so, als gingen die Flecken nur sehr schwer weg, dabei lassen sie sich ganz leicht abwischen.

Wusstest du das schon?, fragt Georg.

Emma schüttelt den Kopf. Nein, sagt sie, aber ich kann es auch nicht wirklich glauben.

Georg lacht. Ich denke nicht, dass er mich anlügt, wieso sollte er?

Vielleicht will er mich eifersüchtig machen, denkt Emma still. Laut sagt sie: Dass Valentin noch was von Sophie will, hätte ich mir denken können. Aber sie von ihm?

Georg zuckt mit den Achseln. Die meisten Menschen sind lieber in einer schlechten Beziehung als in gar keiner, sagt er.

Er umschlingt sie von hinten mit beiden Armen. Der Spiegel wirft ihnen das Bild eines glücklichen jungen Paares entgegen.

Georg sagt: Es kann ja nicht jeder so eine gute Beziehung haben wie wir beide, und küsst sie auf den Hals.

Emma ringt sich ein Zahnpastalächeln ab. Plötzlich scheint das Bad viel zu klein für zwei Personen und die überdimensionale Menge an Schuldgefühlen, die jetzt zur Tür hereinspaziert. Sie blickt in Georgs Spiegelaugen und ihr wird klar, dass das die einzige Art ist, wie sie ihm noch in die Augen sehen kann.

Eine Erinnerung:
Die Verkleidungen als Kind sind nichts anderes als Vorboten der Rollenspiele, die wir unser Leben lang spielen.

Emmas Vater

In der Volksschule hat unsere Lehrerin jedes Jahr einen Erzählwettbewerb organisiert, jeder konnte mitmachen und vor der Klasse eine Geschichte erzählen, sagte er. Die Klasse hat dann den Gewinner oder die Gewinnerin demokratisch gewählt.

Und, fragte sie, hast du einmal gewonnen?

Was denkst du denn? Ich habe alle vier Jahre hintereinander gewonnen. Meine Gegner hatten keine Chance gegen die Geschichten von meinen zwölf Katzen und meiner schrulligen, geldgierigen Großmutter …

Sie saßen auf dem Sofa, die kleine Emma auf einer Decke am Boden liegend und nach den bunten Tierfiguren greifend, die über ihr baumelten, sein Arm um die Schultern seiner Frau gelegt, ihr Kopf an ihn gelehnt, der Ton des Fernsehers auf stumm geschaltet. Mit müden Augen ließen sie die flimmernden Bilder der Werbung vorbeiziehen.

Du wärst doch bestimmt auch gut in so etwas gewesen, sagte er dann, aber sie schüttelte vehement den Kopf.

Erzählwettbewerb? Für solche Dinge bin ich viel zu schüchtern gewesen. Mich vor eine Klasse zu stellen und eine Geschichte zu erzählen, die andere zum Lachen bringen soll – das hätte ich niemals getan.

Und jetzt, fragte er, würdest du es heute tun?

Auf keinen Fall!

Dabei schreibst du so gerne. Du bist jemand, der viel zu sagen hat.

Sie richtete sich auf und gähnte.

Das ist doch etwas völlig anderes. Allein für sich zu schreiben oder vor der ganzen Klasse eine Geschichte vorzutragen. Das kann man nicht vergleichen.

Jetzt kennen wir uns schon so lange, sagte er nach kurzem Schweigen, und du hast mir noch nie etwas von dir zum Lesen gegeben.

Ich habe seit Ewigkeiten nichts mehr geschrieben, murmelte sie.

Wieso nicht?

Ich weiß nicht, antwortete sie abwesend und langte nach der Fernbedienung. Langsam kam der Ton zurück. Die Vorabendserie begann, aber er nahm den Blick nicht von seiner Frau. Tränen waren in ihre Augen getreten. Er drehte den Ton wieder ab. Sie protestierte nicht.

Was ist los?, fragte er. Wieso redest du nie mit mir über das Schreiben?

Weil es nicht so wichtig ist, stieß sie hervor und wollte aufstehen, aber er hielt sie am Arm zurück.

Das glaube ich nicht, sagte er, deine Mutter hat gesagt, du hättest früher richtig viel geschrieben, sogar mal einen Roman angefangen, sie hat dich manchmal gar nicht vom Schreibtisch wegbringen können …

Meine Mutter? Seit wann hörst du auf das, was meine Mutter sagt?

Was ist los? Du verstehst dich doch gut mit ihr, erwiderte er irritiert, oder habe ich etwas nicht mitbekommen?

Nein, hast du nicht, sagte sie, stand auf, verließ das Zimmer. Die Tür schlug sie hinter sich zu, und der Schlag kündete die Stille an, die sich nun im Wohnzimmer ausbreitete. Er allein auf der Couch, das Baby mittlerweile schlafend auf der Decke und neben ihm die unerklärliche Wut, die seine Frau zusammen mit ein paar Druckstellen auf dem Sofakissen zurückgelassen hatte.

Er erinnert sich, dass er ein paar Minuten später zu ihr ins Schlafzimmer gegangen ist, sie saß in sich zusammengefallen auf ihrer Seite des Ehebetts, das Gesicht in den Händen vergraben. Er ging vor ihr in die Knie, nahm ihre Hände in seine. Ihre Augen waren weder verweint noch zitterten ihre Schultern – ihr Körper trug keine Zeichen davon, dass sie geweint hatte, doch das muss nichts heißen, man kann auch innerlich weinen und seine Emotionen vor der Außenwelt abschotten. Aber er wollte nicht, dass sie irgendetwas abschottete und schon gar nicht vor ihm. Er wollte für sie da sein, er wusste bloß nicht wie.

Lass mich bitte in Ruhe, flüsterte sie.

Er zögerte. Er war gut darin, jemanden in Ruhe zu lassen. Das konnte er. Gehen, wenn jemand allein gelassen werden wollte, sich zurückziehen und sich niemandem aufdrängen. Wie oft hatte er sich schon von ihr abwimmeln lassen?

Heute weiß er, dass er damals etwas hätte sagen sollen. Irgendetwas. Dass er wenigstens hätte versuchen sollen, zu ihr vorzudringen. Er hätte ihr sagen sollen, dass er wusste, worum es ging. Nicht um ihre Mutter. Nicht um das Schreiben. Es ging immer nur um Emma. Damals hat er es nur geahnt, heute weiß er es mit Sicherheit. Kann er jetzt aussprechen, was ihm in der Vergangenheit nicht über die Lippen kam?

Damals hat er versagt. Es gibt keine Worte dafür, wenn eine Mutter ihr Kind nicht lieben kann. Es ist ein Tabu, sagte er sich, es ist nicht meine Schuld, dass ich keine Worte dafür finde. Es ist die Gesellschaft, in der so etwas offiziell gar nicht vorkommt. Doch es hilft, Dinge zu benennen, und es hätte ihr damals geholfen, wenn er es benannt hätte. Aber er war wie alle anderen auch: hat darüber hinweggesehen und so getan, als gäbe es kein Problem. Er hat versucht, es kleinzumachen, und dadurch wurde es nur immer größer.

Er greift nach seinem Handy, entsperrt es, öffnet die Kontakte. Sein Finger verharrt einen Moment lang über Emmas Namen. Er kann sie jetzt nicht anrufen. Aber er konnte es – damals im April. Ich muss mit dir reden, so hat er das Gespräch eröffnet. Es war dringend notwendig. Er hat sie angerufen, und sie hatte keine Ahnung, worauf sie sich einließ, als sie zustimmte, ihn im Park zu treffen.

Es war höchste Zeit gewesen, rechtfertigt er sich.

Höchste Zeit – ein beschönigender Ausdruck für *zu spät*.

Ein Gedanke: Vielleicht gibt
es ja Wege, die nur dazu da sind,
um nicht begangen zu werden.

Emma

Sie sitzen auf der Parkbank neben dem plätschernden Springbrunnen, in dem jetzt keine Blätter mehr treiben, weil er jedes Jahr vor seiner Inbetriebnahme gereinigt wird. Der Anruf ihres Vaters kam überraschend, da sie sich nie spontan treffen und schon gar nicht im Park. Sie hat sich gefragt, wieso er sie nicht einfach besucht oder sie einlädt, zu ihm und ihrer Mutter in die Wohnung zu kommen, aber jetzt ist ihr klar, wieso.

Das, was er ihr zu sagen hatte, passt nicht zwischen Wände. Es hätte ihre Wohnung gesprengt und daraus genauso ein Schuttfeld gemacht, in welchem ihr Inneres nun liegt. Sie fragt sich, wer es jemals aufräumen wird, denn sie selbst fühlt sich dazu nicht in der Lage. Er hat ihr den Boden unter den Füßen weggezogen, hält ihr seine Hand hin, aber sie schafft es nicht, sie zu ergreifen. Und Emma fällt.

Ich muss mit dir reden, hat er gesagt. Schon am Telefon hatte seine sonst so beruhigende Stimme einen eigenartigen Klang. Als sie ihn dann im Park traf, sah er aus wie jemand, der gleich sein Schuldgeständnis ablegen würde. Sie ist nervös geworden, weil er keine Worte gefunden und sich entschuldigt hat. Sie ist auf der Bank hin und her gerutscht wie ein Kind, das nicht stillsitzen kann. Und dann hat er zu erzählen begonnen. Die ganze Kennenlerngeschichte von ihrer Mutter und ihm, von Anfang an. Wie sie sich mit siebzehn Jahren bei einem Grillfest ihrer Eltern zum ersten Mal getroffen hatten. Sich dann ein paar Wochen später im Freibad über den Weg gelaufen waren, sie ihn auf ein Eis eingeladen hatte. Wie sie ins Reden gekommen waren und sich verliebt hatten.

Emma hat ungeduldig zugehört, sie kennt die Geschichte doch in all ihren Details. Sie hat sich gefragt, worauf das hinausläuft. Sie wollte, dass er es sagt, jetzt sofort, aber er hat Umwege genommen. Das Plätschern des Springbrunnes wurde unerträglich laut, je leiser seine Stimme wurde.

Deine Mutter und ich wussten von Anfang an, dass wir zusammengehörten, sagt er, doch wir waren noch so jung. Wir waren gerade mal achtzehn Jahre, als wir unseren Eltern sagten, dass wir ein Paar seien. Es war für beide unsere erste richtige Beziehung. Aber ich war noch nicht bereit dafür, ich wollte noch etwas von der Welt sehen, ich hatte jahrelang gespart, um nach der Schule in Australien backpacken zu gehen, und ich wollte es allein tun. Deine Mutter hatte kein Problem damit, sie hat meinen Wunsch respektiert. So bin ich nach dem Schulabschluss gefahren, für zwei Monate, das war der Plan. Aber daraus wurden dann drei Monate und fünf Monate und erst nach sechs Monaten kam ich wieder zurück.

Und dann habt ihr endgültig gemerkt, dass ihr ohne einander nicht leben könnt, geheiratet und mich bekommen, schloss Emma mit einem Seufzen. Ich weiß, Papa. Was willst du mir denn sagen?

In seinen Augen zeigte sich etwas Verletzliches, und Emma wurde mulmig zumute.

Ich will dir sagen, dass es genau so eben nicht war.

Wie war es nicht?

So wie du es eben beschrieben hast. Also nicht ganz.

Wie war es dann?, fragte sie, obwohl sie eigentlich nur hatte fragen wollen, warum ihre Eltern sie angelogen haben.

Es gab da jemanden im Leben deiner Mutter, während ich weg war. Es war eine einmalige Sache, hat sie gesagt, und ich habe ihr geglaubt. Ich war nicht so wütend, wie ich es hätte sein sollen, schätze ich. Ich hatte ein schlechtes Gewissen, weil sie eine Zukunft mit mir plante und ich nach dem Abschluss nichts anderes gewollt habe, als allein zu reisen. Ich habe mir eingeredet, dass ich es nicht besser verdient habe; dass ich es mir selbst zuzuschreiben habe. Aus irgendeinem Grund hat sich meine Eifersucht in Grenzen gehalten, denn Lorenz war nicht der Typ für ernste Sachen oder große Gefühle; er hatte ständig was mit einer anderen. Ich kannte ihn flüchtig vom Sehen, er war immer schon viel zu lässig und gedankenlos für das Leben gewesen, aber aus irgendeinem Grund hat das den Mädchen gefallen. Er war ein bisschen so wie Valentin, fügte ihr Vater hinzu und in der Art, wie er sie ansah, lag etwas so Direktes, dass sie sich plötzlich fragte, ob er etwas ahnte, auch wenn das unmöglich sein konnte.

Jetzt weiß sie, warum er so lange nicht zum Punkt gekommen ist. Warum er ihr irgendwann nicht mehr in die Augen sehen konnte. Und warum sie diese Augen sowieso nie hätte haben können.

Sag es, hat sie ihn beschworen. Es dämmerte ihr bereits, und auch um sie dämmerte es. Der Abend nahm dem Tag langsam alle Farben und ließ ihn verblassen. Sie fühlte sich, als würde sie ebenfalls allmählich verblassen.

Sag es.

Aber ihr Vater hat es nicht über die Lippen gebracht. Er saß neben ihr, die Schultern eingefallen, die Hände in einer unnatürlichen Position auf den Oberschenkeln abgelegt, als wären sie ihm eben erst gewachsen und er wüsste noch nicht, was er mit ihnen anstellen sollte.

Sag es.

Es wird nichts zwischen uns verändern, hat er dann schließlich hervorgebracht, Emma, das wird es nicht. Es tut mir so leid. Du bist meine Tochter und wirst es immer bleiben. Bitte.

Sie fragt sich, warum er dieses flehende *Bitte* nachgesetzt hat, als läge es nur an ihr, ihn zu bestätigen. Als müsse sie ihm die Genehmigung erteilen, ihr Vater sein zu dürfen, aber diese Macht hat sie doch gar nicht. Kein Kind sucht sich seine Eltern aus, denkt Emma, aber ich jetzt schon. Ich darf mir meinen Vater aussuchen. Der Mann, den ich bisher für meinen Vater gehalten habe, bittet mich darum, es auch weiterhin sein zu dürfen. Und ich allein habe es in der Hand.

Sag es, ist sie ihn angefahren. Sag es endlich!

Dieser Lorenz, er war schockiert, als sie es ihm gesagt hat, fährt er holprig fort, er war ein verantwortungsloser Kerl. War nicht bereit für das, was auf ihn zugekommen wäre. Deine Mutter war völlig allein. Ich bin zurückgekommen und …

Du hast sie aus Mitleid geheiratet?, hat Emma geschrien und ist aufgesprungen. Eine Frau mit Kinderwagen und ein Mann mit Hund sind stehen geblieben und haben sich zu ihr umgedreht. Aber Emma war das völlig egal. Es ist ihr auch jetzt egal, dass sie weint wie ein Kind, das vom Klettergerüst gestürzt ist.

Gewissermaßen stimmt das ja auch. Nur, dass sie nicht gestürzt ist, sondern ihr Vater das Gerüst mit voller Wucht eingetreten hat.

Ich habe deine Mutter aus Liebe geheiratet, beharrte er. Nur aus Liebe. Ich hätte sie nicht allein lassen sollen.

Mama braucht keinen Beschützer, hat Emma geantwortet. Sie hat immer gut auf sich selbst aufpassen können.

Woher kam dieser plötzliche Drang, ihre Mutter zu verteidigen?

Ja, hat ihr Vater gesagt. Natürlich.

Emma lachte auf. Hast du dich als ihr Retter oder so verstanden? Weil du die arme schwangere Frau genommen hast?

Er runzelte die Stirn. Nein, Emma, so war das nicht.

Doch, so war es.

Sie klammert sich an diesen Strohhalm der Schuldzuweisung, um sich nicht mit den Konsequenzen seiner Enthüllung befassen zu müssen.

Es macht sie wütend, dass er nicht weiterredet. Sie ballt ihre Hände zu Fäusten und möchte am liebsten die aus dem Brunnen emporsteigende Wassernymphe zerschlagen. Sie fühlt sich betrogen von dem einzigen Menschen, der ihr seit ihrer Geburt nahe war, und sie hasst ihn dafür und nicht nur ihn, auch ihre Mutter. Sie hasst alle beide, weil sie ihr kein normales Leben bieten können. Ist das zu viel verlangt, fragt sie sich, ein bisschen Normalität? Ein bisschen so zu sein wie alle anderen, die gleichen Probleme, ein Vater, der viel arbeitet und nicht über Gefühle sprechen kann, und eine Mutter, die zu sehr klammert und ständig nur das Beste für ihre Tochter will ... Werden Probleme einfacher, wenn man sie mit vielen anderen, noch dazu völlig unbekannten Menschen teilt?

Emma will normale Probleme. Aber sie hat nur ihre Probleme, und das macht sie verrückt. Sie würde ihre Probleme gerne eintauschen, doch so läuft das nicht. Aber Emma läuft – und zwar aus dem Park. Sie hält es nicht mehr aus und muss das Blut in ihren Ohren rauschen spüren, um zu wissen, dass sie noch sie selbst ist. Ihr Vater ruft ihr etwas nach, aber sie dreht sich nicht mehr um.

Irgendwie schafft Emma es zu ihrer Wohnung. Als sie auf dem Fußabtreter steht, zittern ihre Hände so sehr, dass sie keine Kraft hat, nach dem Schlüssel zu suchen, sie reicht gerade noch dafür, auf die Klingel zu drücken. Georg öffnet ihr, und Emma ist kurz davor, vor lauter Schluchzen zu hyperventilieren. Es dauert eine halbe Stunde, bis sie ihm erzählen kann, was vorgefallen ist. Sie trinkt Kamillentee, rührt aber die Tafel Schokolade nicht an, die er ihr hingelegt hat. Sie kauert in seinen

Armen und presst die Worte hervor, eines nach dem anderen. Sie verbrennt ihre Zunge am Tee, schiebt dann doch ein Stück Schokolade hinterher.

Es ist nur verdammte Biologie, sagt Georg. Das spielt doch keine Rolle, Emma. Er ist trotzdem dein Vater.

Sie beide wissen, dass es sehr wohl eine Rolle spielt, aber irgendetwas muss er ja sagen.

Es spielt eine Rolle, dass sie mich seit fünfundzwanzig Jahren anlügen, gibt Emma zurück. Obwohl ihr die Schokolade nicht schmeckt, viel zu bitter, schiebt sie sich ein Stück nach dem anderen in den Mund. Ihre Geschmacksnerven sind damit beschäftigt, die bittere Note zu verarbeiten, gegen die sich alles in ihr sträubt, aber Emma braucht jetzt Ablenkung.

Es muss schwer für die beiden gewesen sein zu entscheiden, was richtig ist, meint Georg. Wäre es dir lieber gewesen, du wärst in dem Wissen aufgewachsen, dass dein Vater nicht dein Vater ist? Wie soll man so etwas schon einem Kind erklären?

Er hätte es mir gar nicht sagen müssen, entgegnet Emma trotzig. Sie haben mich seit meiner Geburt angelogen, sie hätten es ruhig noch weiter tun können.

Aber es ist doch gut, wenn die Wahrheit auf dem Tisch ist, sagt Georg. Oder nicht?

Darauf kann Emma nichts erwidern, weil es sie an eine andere Wahrheit erinnert, die nicht auf dem Tisch ist. Spätestens jetzt weiß sie, dass sie niemals ans Licht kommen wird, weil sie gerade selbst erlebt, wie man sich fühlt, wenn man mit einer Tatsache konfrontiert wird, die einem besser vorenthalten worden wäre. Sie wird lieber belogen als verletzt, stellt sie fest und nimmt an, dass es Georg sicherlich genauso geht.

Ich muss mit meiner Mutter reden, sagt Emma und will aufstehen.

Georg hält sie fest. Nicht jetzt. Nicht in deinem Zustand.

Sie will protestieren, schafft es jedoch nicht aufzustehen, weil ihre Beine scheinbar gegen eine wacklige Gummimasse ausgetauscht worden sind und sich nicht so anfühlen, als könnten sie all ihre Sorgen spazieren tragen.

Vielleicht wäre es besser, wenn ich zuerst mit ihr rede, schlägt Georg vor. Ich weiß doch, wie du und deine Mutter …

Niemals, fährt Emma auf. Das ist eine beschissene Idee.

Georg zuckt mit den Achseln. War nur ein Vorschlag, damit du nicht …

Ich will aber, fällt ihm Emma ins Wort, obwohl sie gar nicht weiß, was er sagen wollte.

Ich muss.

Sie hat das Gefühl, als müsste sie ziemlich viel. Sie

muss: wegen ihrer Mutter, ihres Vaters, wegen Georg, Valentin, sogar wegen Sophie. Und wegen so vieler anderer Menschen muss sie, wegen so vieler anderer Probleme und Lebenswege. Sie muss wegen der Fotos in Georgs Elternhaus und wegen ihrer eigenen Erwartungen. Sie muss wegen ihrer Zukunft, um die sich doch alles dreht. Sie muss, damit sie ja nichts verpasst, damit sie nicht eines Tages zurückschaut und feststellt, dass sie ihr Leben nicht gelebt hat.

Dabei will sie einmal nur wegen sich selbst müssen. Nur für sich allein. Aber sie hat Angst, das zu versuchen, weil sie befürchtet, dann die schönsten Dinge zu verpassen.

Eine Erinnerung: Wie ein Vulkankrater /
der Krater auf ihrer Haut / der Wespenkrater /
und dann: anschwellender Stolz.

Emmas Mutter

Schon als sie erwacht, fühlt sie, dass heute wieder einer jener Tage anbricht, an denen sogar das Ticken der Uhr etwas Hektisches hat, als hätte der Rhythmus der Zeit sich über Nacht beschleunigt.

Es ist 04:52 Uhr. Zeit ist etwas, über das sie nicht gerne, aber viel zu oft nachdenkt. Zeit beängstigt sie. Manchmal hat sie das Gefühl, die Zeit ziehe an ihr vorüber, und alles, was sie tun kann, ist, ihr beim Verrinnen zuzusehen. Dieser unsichtbaren Macht in ihrem Leben. Diesem Zwinger, denkt sie, in dem wir eingesperrt sind. An einem Morgen wie diesem möchte sie am liebsten alle Uhren in der Wohnung zusammensuchen und sie am Boden zerschmettern, aber was würde das schon nützen? Die Zeit wäre trotzdem noch da.

Es ist stockdunkel im Schlafzimmer, weil sie gestern Abend die Fensterläden geschlossen hat. Da sie ohnehin nicht mehr schlafen kann, wenn sie einmal wach ist, setzt sie sich auf, viel zu schnell, sodass ihr für einen

Moment schwarz vor Augen wird. Sie dachte immer, dass Dunkelheit nicht noch dunkler werden kann, aber nun misst sich die Schwärze der Nacht mit der Schwärze ihrer Augen.

Sie tastet sich den Weg aus dem Bett zum Fenster, lässt das fahle Licht der frühherbstlichen Morgendämmerung herein. Weil das Schwindelgefühl noch nicht ganz verflogen ist, hält sie sich am Fensterbrett fest und gibt ihrem Gehirn Zeit, die Dinge wieder in oben und unten, rechts und links zu sortieren. Vielleicht ist sie deshalb so ordentlich, in der Küche, ihrem Schlafzimmer, ihrem Kleiderschrank, ihrem Bücherregal. Damit sich die Dinge endlich aufhören zu drehen. Womöglich hofft sie, die penible äußere Ordnung auf ihr inneres Chaos übertragen zu können. Ob das schon jemals funktioniert hat?

Früher hat sie es mit Schreiben versucht. Das Kratzen des Stiftes auf Papier hatte eine beruhigende Wirkung. Mit der Angst vor der Begegnung mit sich selbst kam jedoch auch die Angst vor der Reflexion auf dem Papier. Um zu schreiben, muss man sich mit sich selbst auseinandersetzen, man kann nicht so tun, als wäre der Text etwas von sich Abgetrenntes, im Gegenteil, jedes Wort ist verwoben mit der Person, die es schreibt. Vielleicht ist das Schreiben deshalb so spurlos aus ihrem Leben verschwunden: aus Angst, Dinge in sich zu erkennen, mit denen sie nicht zurechtkommen würde.

Ob alles anders ausgegangen wäre, hätte sie Georg nicht den Rat gegeben, Emma gehen zu lassen? Sie wird es nie wissen und eigentlich bringt es nichts, darüber nachzudenken. Trotzdem muss sie daran denken, wie er völlig aufgelöst auf ihrer Fußmatte gestanden hat, damals im April. Wie ein Junge hat er gewirkt, nicht wie sechsundzwanzig. Natürlich hat sie ihn hereingelassen. Er hatte sie noch nie zuvor allein besucht. Er wollte keinen Kaffee, sie hat ihm aber trotzdem einen gemacht und er hat ihn getrunken. Sie hat gespürt, dass es etwas Wichtiges war, das ihn hierhergetrieben hat, etwas, das sich nicht in ein Telefon sagen ließ, sie hat aber nicht nachgefragt. Er war es, der bei ihr geklingelt hatte, und er müsste es auch sein, der ihr erklärt, wieso.

Sie hat mit vielem gerechnet. Damit, dass Emma Schluss gemacht hat und er nun sie bitten würde, an seiner Stelle noch einmal mit ihrer Tochter zu reden. Damit, dass er – oder Emma – Mist gebaut hat, oder er sich aus welchen Gründen auch immer Sorgen um sie macht. An etwas Simples wie eine kaputte Kaffeemaschine, ein verlorengegangenes Rezept oder einen Wasserschaden, bei dem sie Hilfe bräuchten, hatte sie keine Sekunde lang gedacht. In so einem Fall hätte ein Anruf genügt.

Mit den Vorwürfen, mit denen er sie aus heiterem Himmel bombardierte, hatte sie nicht gerechnet. Er sprach von Lügen und Geheimnissen, von Emmas biologischem Vater und ihrer Aufregung, dass er nicht wisse, wie er ihr helfen könne und sie völlig am Ende sei. Er redete sich in Rage, steigerte sich hinein in ein Problemfeld, an dem er – wenn überhaupt – höchstens am Rande beteiligt war, und ließ sie nicht einmal zu Wort kommen.

Das kotzt mich an, sagte er, dass ihr Emma so viel zumutet.

Sie ließ ihn reden und ihren Kaffee dabei kalt werden. Sie unterbrach ihn nicht, weil er keine Pausen zwischen seinen Sätzen machte, nicht einmal zwischen den Wörtern. Er redete, als bestünde sein ganzer Monolog nur aus einem einzigen Wort, das sich um ihren Hals wickelte und sich mit jedem weiteren Wort fester schnürte. Als er schließlich fertig war, hatte sie genug Zeit gehabt, darüber nachzudenken, was sie erwidern solle. Sie machte es kurz.

Weiß Emma, dass du hier bist?

Mit dieser Frage hatte er nicht gerechnet und sie warf ihn für den Bruchteil einer Sekunde aus der Bahn.

Nein, sagte er schließlich, und es klang ehrlicher, als sie erwartet hätte.

Sie hob ihr Kinn und musterte ihn, Georg, den Freund ihrer Tochter und das schon seit mehreren Jahren. Sie mochte ihn, das konnte sie nicht bestreiten. Er war ihr sympathisch, hatte nette Eltern, war fleißig, klug und hilfsbereit, hatte gute Chancen auf eine erfolgreiche Karriere und trug ihre Tochter auf Händen. Und trotzdem war da etwas an ihm, das sie störte.

Es lauerte hinter seiner perfekten Fassade und damals ist es ihr zum ersten Mal deutlich ins Auge gesprungen. Die Art, wie er über Emma sprach, als wäre sie eine zerbrechliche Porzellanvase, gefiel ihr nicht. Die Tatsache, dass er hier mit ihr redete, ohne dass ihre Tochter Bescheid wusste, gefiel ihr noch weniger. Und am allerwenigsten gefiel ihr die Entschlossenheit in seinem Blick, die vermuten ließ, dass er alles dafür tun würde, Emma vor weiteren störenden Intermezzi ihrer Eltern zu beschützen.

In diesem Augenblick hatte sie plötzlich Angst, ihre Tochter zu verlieren und das an jemanden, der es nicht wert war, dass man an ihn verloren ging.

Es ging schließlich nicht um irgendjemanden, sondern um ihr Mädchen, das in eine Welt hineingeboren worden war, die die Vorstellung eines Kindes ersehnte, nicht aber das Kind selbst.

Als sie damals überlegte, was sie dem aufgewühlten Freund ihrer Tochter sagen sollte, erschien es ihr absurd, fast schon grotesk, dass auf den Straßen dieser Stadt ein Mensch entlanglief, der einmal in ihrem Bauch gewesen war. Sie wollte die Arme ausstrecken, aus ihrem Fenster in die Wohnung ihrer Tochter greifen, sie aus ihrem Leben pflücken und ihren Körper wieder in ihren eigenen stecken, wo sie hingehörte, wo sie sie immer beschützen konnte. Absurd war, dass sie diese zwanghaften Muttertriebe erst dann empfand, als es längst zu spät war. Irgendwann im Laufe der Pubertät hatte Emma begonnen, sich von ihren Eltern abzuschotten, und vielleicht war damals das zerbrochen, in dessen Scherben sie heute leben. Doch tief in ihrem Inneren ahnt sie, dass es niemals ein Ganzes gegeben hat. Dass ihre Beziehung immer schon in Scherben gelegen hat, von Anfang an. Und dass es nichts gibt, zu dem sie sich zusammenfügen lassen würden. Aber vielleicht ist jetzt der Zeitpunkt gekommen, aus den Scherben etwas Neues zu schaffen.

Georg, bitte lass Emma gehen, sagte sie damals im April zu ihm.

Er starrte sie nur verständnislos an.

Lass sie gehen, wiederholte sie, ich will, dass sie selbst herausfindet, wie sie ihr Leben gestalten möchte und sich nicht immer nur nach anderen richtet, so wie ich es getan habe. Ich will nicht, dass sie später einmal auf ihr Leben zurückblickt und das Gefühl hat, es nicht nach ihren Wünschen gelebt zu haben, weil sie nie auf sich selbst gehört hat.

Doch da hatte sie Georg schon verloren.

Emma kann selbst entscheiden und tun und lassen, was sie will, entgegnete er.

Er hätte auch einfach gehen können, denkt sie, dann hätte er nicht mehr hören müssen, was ich noch zu sagen hatte. Aber er ist nicht gegangen. Hat er gespürt, dass es wichtig sein könnte, mir zuzuhören? Warum ist er nicht einfach gegangen?

Ja, das kann sie, erwiderte sie, aber ich weiß nicht, ob sie die Kraft dazu hat, wenn du sie festhältst.

Georg war wütend geworden; seine Empörung hatte sich Stück für Stück in blanken Zorn verwandelt. Er entsprang in seinen braunen Augen und arbeitete sich dann in Sekundenschnelle über seine verhärteten Wangenknochen hinab zu seinen aufeinandergepressten Lippen. Sie hingegen blieb ruhig, und das machte Georg noch wütender.

Das ist anmaßend, stieß er aus, und es ist lächerlich, dass du zu wissen glaubst, was das Beste für Emma ist. Du warst ihr ja nie eine richtige Mutter. Du kennst sie nicht so, wie ich sie kenne.

Doch, ich kenne sie, dachte sie sich damals, und das auf eine Art, die du niemals verstehen wirst. Ich habe es ihr vielleicht nicht oft gezeigt, aber das ändert nichts daran, dass es immer so gewesen ist. Ich weiß, dass ich viele Fehler gemacht habe, sagte sie, aber meiner Tochter vorzuenthalten, wer ihr leiblicher Vater ist, war sicher keiner davon. Ich wollte sie beschützen.

Ich will sie auch beschützen, hielt Georg dagegen.

Das weiß ich. Aber Emma muss vor niemandem beschützt werden außer vor sich selbst. Und das kannst du nicht. Du hältst sie auf. Gib ihr die Möglichkeit, selbst zu entscheiden, was sie wirklich will, fügte sie noch hinzu, als er sich ohne ein Wort zum Gehen wandte.

Sie lief ihm bis zur Wohnungstür nach. Er griff nach seiner Jacke und ging, ohne sie noch einmal anzusehen.

Sie würde heute genau das Gleiche zu ihm sagen wie vor einem halben Jahr. Sie findet nichts, was sie in diesem Gespräch anders machen würde, und das beruhigt sie. Sie hat damals die richtige Entscheidung getroffen – für sich, aber vor allem für ihre Tochter.

Es hätte gut enden können – wenn es nur nicht schon so früh geendet hätte.

Sie fragt sich, ob es wirklich enden wird und ob sie das überstehen könnte. Sie fragt sich, ob es gut oder schlecht ist, dass sich das Ende so zäh hinauszögert, als könnte es sich immer noch nicht entscheiden, ob es schon an der Zeit ist oder nicht. Was würde wohl sein, wenn es doch noch nicht so weit ist. Wenn das Ende sich noch geduldet. Wird sie schaffen, was sie sich fest vorgenommen hat? Wird sie sich ändern können, wird sie alles ändern können?

Sie muss daran glauben. Es ist der einzige Weg, die Panik in Schach zu halten, die sich in Momenten wie diesen durch ihren Körper frisst. Sie hat doch eine zweite Chance verdient, oder nicht?

Ihr Blick fällt auf den Autoschlüssel auf der Kommode. Vielleicht sollte sie zu ihr fahren. Vielleicht gibt es keinen besseren Augenblick als diesen. Sie hypnotisiert den Schlüssel, als könnte er ihr Antworten auf all ihre Fragen geben.

Eine Frage:
Wohin führt ein Leben
im Konjunktiv?

Emma

Emma sieht in dem Moment, in dem Georg das Wohnzimmer betritt, dass er etwas gemacht hat, wofür er sich schämt. Sie muss ihn erst gar nicht danach fragen, denn er beichtet es sofort. Er hat kein Talent zum Lügen und versucht nicht einmal, so zu tun als ob.

Sie ist nicht vom Sofa aufgestanden, seit er zum Einkaufen aufgebrochen ist. Sie sitzt immer noch bewegungslos da und hört ihren Gedanken beim Streiten zu. Das Sofa ist ihre einsame Insel geworden, von der sie sich nie wieder wegbewegen möchte. Aber jetzt bewegt sich die Insel ein kleines Stück, weil Georg neben ihr Platz genommen hat. Sie will ihre Insel eigentlich mit niemandem teilen, doch das kann sie ihm natürlich nicht sagen.

Er entschuldigt sich. Nur ganz kurz, so, als würde er ihre Vergebung nicht brauchen, sondern sich nur pro forma entschuldigen. Weil entschuldigen immer besser ist, als sich nicht zu entschuldigen, egal, ob man es ernst meint oder nicht.

Es tut mir leid, sagt er, ich war bei deiner Mutter.

Was?

Die Wohnung liegt in der Nähe vom Supermarkt und da dachte ich …

Nichts, fällt sie ihm ins Wort, du dachtest ganz offensichtlich nichts.

Du glaubst gar nicht, was sie zu mir gesagt hat! Die ist doch völlig … völlig … Er sucht nach Worten. Völlig übergeschnappt, deine Mutter! Tut mir leid, aber …

Emma richtet sich auf und starrt ihn an. Wie bitte?

Er hebt abwehrend die Hände. Sie hat mich gebeten, dich gehen zu lassen. Sie will, dass wir uns trennen, Emma! Was denkt sie sich eigentlich? Dass ich jetzt alles ausbaden muss, nur weil sie das mit dir nicht richtig hinbekommen hat? Will sie etwa, dass dich alle im Stich lassen? Wieso sollte sie denken, dass du ohne mich besser dran wärst? Ich bin doch erst seit einer Woche wieder da, was bringt sie dazu …

Er bricht seinen Satz ab und lässt ihn unbeendet in der Luft hängen. Emma empfindet plötzlich eine unerklärliche Wut.

Es geht hier nicht um dich, Georg, es geht um mich und meine Eltern. Das hier hat nichts mit dir zu tun. Wie kannst du in so einer Situation nur an dich denken?

Er sieht perplex auf.

Bist du etwa auch noch ihrer Meinung? Das ist ja

wunderbar. Soll ich gleich gehen oder darf ich noch ein paar Sachen packen? Stehe ich dir etwa jetzt schon im Weg? Wenn ja, tut es mir außerordentlich leid. Es wird nie wieder vorkommen.

Spar dir deinen Sarkasmus, schnaubt sie.

Emma, fleht Georg, sieh doch endlich ein, dass deine Mutter ein Problem hat. Das ist eine für beide Seiten ungesunde Beziehung, die ihr da habt. Du hast andere Menschen, die dich lieben und dich unterstützen, wieso läufst du deiner Mutter immer noch nach?

Emma ist fassungslos. Hörst du dir eigentlich selbst zu?

Georg berührt ihren Arm. Sie zieht ihn weg.

Lass mich.

Emma …

Ich brauche meine Mutter, okay?

Ich habe es doch nicht so gemeint …

Sie steht auf, braucht Abstand. Von ihm und am besten auch von sich selbst, aber das ist nicht so einfach. Sie flüchtet auf die Toilette. Eine Toilette ist mehr Nicht-Ort als Ort und genau das braucht sie jetzt: einen Nicht-Ort, um nicht zu sein. Oder um einfach kurz nachzudenken.

Georg klopft an die Tür, und Emma zuckt zusammen.

Geht es dir gut?, fragt er. Du hast dich so verändert. Ist etwas passiert, während ich weg war?

Alles, will Emma am liebsten schreien, alles ist passiert. Ich bin passiert.

Sie hat sich verändert, hat er gesagt. Verändert. Als ob dieses unscheinbare Wort das beschreiben könnte, was mit ihr geschehen ist. Als ob irgendein Wort es beschreiben könnte. Verändert – und wenn schon. Manchmal ist Veränderung gut. Manchmal braucht man Veränderung. Und vielleicht gefällt es ihr ja, dass sie sich verändert hat. Vielleicht mag sie eine veränderte Emma. Vielleicht braucht sie sie.

Und dann hat sie sich entschieden. Sie verlässt die Toilette und packt ein paar Sachen zusammen. Georg sieht ihr sprachlos dabei zu.

Ich übernachte heute woanders, erklärt sie ihm. Ich muss über ein paar Dinge nachdenken.

Er versucht sie aufzuhalten, redet auf sie ein, aber sie lässt sich weder aufhalten noch überreden. Sie folgt jetzt nur ihrer inneren Stimme, zum ersten Mal seit Ewigkeiten.

Fährst du zu deiner Mutter?, fragt Georg und versteht ihr Schweigen als Zustimmung. Das bringt doch nichts. Du bist viel zu fixiert auf deine Mutter. Du musst endlich mal erwachsen werden.

Mit dem Rucksack in der einen und ihrer Jacke in der anderen Hand verlässt sie die Wohnung. Georg läuft ihr nicht nach, als sie die Treppen hinuntergeht. Sie ist froh darüber, sieht unten angekommen trotzdem noch einmal nach oben.

Nichts.

Sie holt Luft. Atmet sie wieder aus. Nickt, als müsse sie sich selbst in ihrer Entscheidung bekräftigen, und verlässt den Wohnblock. Ihr Auto wartet in einer Seitenstraße auf sie, und sie war noch nie so froh wie jetzt, es zu haben. Es ermöglicht ihr, sich immer frei zu bewegen, wann sie will, wohin sie will. Es macht sie unabhängig.

Bevor sie den Motor startet, telefoniert sie mit Sophie und sichert sich ihren Schlafplatz für heute Nacht. Sie haben seit der Party nicht mehr miteinander gesprochen, deshalb ist Emma nervös, als das Freizeichen ertönt und Sophie sich kurz darauf meldet. Aber zwischen ihnen ist alles wie immer. Emma parkt aus, fährt los. Sie lässt die Fensterscheiben hinunter und die Frühlingsluft herein. Der Wind verfängt sich in ihren offenen Haaren. Sie dreht das Radio auf.

Sie versteht, dass Georg aufgebracht ist, nach dem, was ihre Mutter zu ihm gesagt hat. Aber er hätte nicht zu ihr fahren sollen, wo sie ihm doch deutlich gesagt hat, dass sie das nicht will. Er hätte sich nicht über ihre Entscheidung hinwegsetzen sollen. Sie hält an einer roten Ampel. Georg hat eine Grenze überschritten, und das macht sie wütend.

Aber dadurch hat er sie freigegeben.

Sie legt den ersten Gang ein und fährt bei Grün wieder los. Zum ersten Mal seit Langem fühlt Emma sich, als gäbe es so etwas wie Freiheit für sie, was auch immer das ist. Und das hat sie ihrer Mutter zu verdanken. Ihrer Mutter, die sie seit jeher im Stich gelassen hat. Ihrer Mutter, die im Gegensatz zu ihr allerdings schon längst geahnt hat, dass Emma sich in ihrer Beziehung mit Georg zunehmend nur noch an ihm orientiert hat und nicht mehr an sich selbst. Dass nicht nur die Beziehung zwischen Mutter und Tochter verkorkst ist, sondern auch die Beziehung zwischen Emma und Georg. Vielleicht ist Emma einfach ein verkorkster Beziehungstyp. Oder vielleicht sind all ihre verkorksten Beziehungen ein Zeichen, dass sie es besser ohne Beziehung probieren sollte.

Du musst endlich mal erwachsen werden, war das Letzte, das Georg zu ihr gesagt hat. Aber was, antwortet sie ihm im Stillen, wenn ich noch gar nicht erwachsen werden will? Jedenfalls nicht so, wie du dir Erwachsensein vorstellst.

Der Himmel hat sich unerwartet verdüstert. Es beginnt zu regnen, und Emma aktiviert die Scheibenwischer. Sie denkt an die Worte ihres Vaters, der nicht ihr Vater ist und es doch ihr Leben lang sein wird. An die Geschichte, die er ihr erzählt hat und die ihre eigene sein könnte, bloß ohne Kind.

Sie fragt sich, ob ihre Mutter vielleicht in einer

ähnlichen Lage gewesen ist wie sie jetzt. Unentschlossen zwischen zwei Männern, die völlig unterschiedliche Lebensentwürfe verkörpern. Vielleicht war dieser Lorenz wirklich ein Typ wie Valentin, jemand, dessen Lebensstil Freiheit und Unkonventionalität versprach; einen Ausweg aus dem konservativen, geregelten Leben ihrer Mutter, in dem sie sich mit ihren großen Plänen und Ideen eingeengt fühlte. Vielleicht war ihr Vater jemand, der ihr genau zum richtigen Zeitpunkt seine Hand und damit Halt gegeben hat, als sie nicht mehr schwindelfrei auf ihren eigenen zwei Beinen stehen konnte. War es das, was ihre Mutter letztendlich dazu bewogen hat, ihn zu heiraten? Die Sicherheit? Das Vertrauen?

Emma zweifelt nicht daran, dass ihre Eltern aus Liebe geheiratet haben, aber Liebe ist im Endeffekt auch nur eine aus Hunderten von anderen Gefühlen zusammengesetzte Empfindung.

Sie hält bei einer Tankstelle und ruft Georg an.

Ich will dieses Leben nicht, sagt sie statt einer Begrüßung. Ich will nicht jetzt schon wissen, welche Fotos von mir eines Tages bei deinen Eltern in der Küche hängen werden. Ich will mir nicht schon vorstellen, wie du mit unseren Kindern spielen wirst. Ich will mich nicht für dich entscheiden, nur weil du die gute Wahl bist.

Georg schweigt, und sie fragt sich, ob sie das gerade wirklich gesagt oder nur gedacht hat und er darauf wartet, dass sie endlich etwas sagt. Die Stille in der Leitung erscheint ihr unnatürlich laut, und sie wünscht sich eines dieser alten Telefone, bei denen die Leitung rauscht und knackt. Alles ist besser als diese Stille.

Die Geschichte darf sich nicht wiederholen, sagt oder denkt sie. Ich muss mich für niemanden entscheiden. Ich kann mich einfach für mich entscheiden.

Dann legt sie auf. Und mit einem Mal fühlt sich alles so viel leichter an. Sie steigt aus dem Auto, steht im Regen und spürt ihn kaum. Seit Wochen überlegt sie, wie sie sich entscheiden soll. Als wäre fünfundzwanzig ein Alter, in dem man sich entscheiden muss. Als gäbe es überhaupt ein Alter, in dem man sich entscheiden muss, endgültig. Wer schreibt einem eigentlich vor, welche Entscheidungen es zu fällen gilt? Welche Etappen man im Leben meistern muss? Wie alt man werden muss, um rückblickend zu sagen, ich habe etwas verpasst und kann es nie wieder nachholen?

Sie heißt Emma. Sie hat eine Mutter, die mit ihrer Geburt in eine Depression gestürzt ist, aus der sie nie wieder richtig herausgefunden hat. Sie hat einen Vater, dessen Gene sie nicht teilt, den sie aber trotzdem irgendwann wieder anrufen wird. Sie hat einen Freund, dessen Geborgenheit sie einengt, und einen Ex-Liebhaber, dessen Gedankenlosigkeit sie sowohl anziehend als auch abschreckend findet. Sie hat eine beste Freundin, deren Gefühle Emma vor eine ganz neue Herausforderung stellen.

Sie macht lieber die Augen zu und tut so, als könne sie nichts sehen, anstatt sich den Tatsachen zu stellen. Sie denkt, dass die Zeit eilt und sie Entscheidungen treffen muss, um mit dem Leben Schritt zu halten. Sie hat Angst, etwas zu verpassen, wenn sie das nicht tut.

Völlig durchnässt steigt sie wieder in ihr Auto. Es regnet jetzt so stark, dass sie überlegt, ob sie noch eine Weile warten soll, ehe sie weiterfährt. Auf der anderen Seite der Windschutzscheibe wird die Welt reingewaschen.

Sie startet den Wagen und die Scheibenwischer eskalieren. Sie hat es nicht mehr weit bis zu Sophie. Nur noch ein paar Kreuzungen und zwei Kilometer auf der Landstraße. Vorsichtig lenkt sie den Wagen aus dem Tankstellenbereich auf die Straße. Sie arbeitet sich langsam über die Kreuzungen und fährt auf die Landstraße auf. Weil der Regen ein wenig nachlässt, beschleunigt sie. Zu viel. Für einen Moment verlieren die Räder wegen der Wassermassen den Kontakt zur Straße. Die Bremsen blockieren. Sie lenkt, aber das bringt nichts. Sie ist zu schnell für die Kurve, die vor ihr liegt.

Eine Erinnerung: Die Sandburg, die sie damals gebaut haben, nur für sich allein. Ein vergängliches Bauwerk in einer vergänglichen Welt.

Emmas Vater und Emmas Mutter

Sie sitzt ihm gegenüber. Die Frau, die er liebt. Klein wirkt sie und in ihrer Zerbrechlichkeit groß. Als wäre sie vor sich selbst zurückgetreten und hätte Platz gemacht. Platz für all das, dem sie sich stellen müssen. Gemeinsam. Er hat das Gefühl, als wolle sie etwas sagen, kämpfe aber noch mit den Worten. Er will ihr versichern, dass sie nichts sagen muss. Dass es jetzt an der Zeit ist, Frieden zu schließen, mit sich selbst und dem, was passiert ist. Er sieht, dass sich etwas in ihr verändert. Er ist stolz auf sie, weil sie es so weit gebracht hat. Aber wer sich verändern will, muss auch zurückgehen.

Er sieht sie an. Ist sie bereit für das, was nun folgen muss?

Akzeptanz.

Ein Neuanfang.

Neuland.

Er sitzt ihr gegenüber. Der Mann, den sie liebt. Klein wirkt er und in seiner Zerbrechlichkeit groß. Als wäre er vor sich selbst zurückgetreten und hätte Platz gemacht. Platz für all das, dem sie sich stellen müssen. Gemeinsam. Sie hat das Gefühl, als wolle er etwas sagen, kämpfe aber noch mit den Worten. Sie will ihm versichern, dass er nichts sagen muss. Dass es jetzt an der Zeit ist, Frieden zu schließen, mit sich selbst und dem, was passiert ist.

Sie will so viel sagen, bringt dann aber nur vier Worte heraus: Jetzt machen wir es.

Er nickt, und in seinen Augen sammeln sich Tränen. Er greift nach ihrer Hand, die kalt ist.

Vielleicht wird sie nie wieder warm, denkt sie. Und dann an das Lenkrad, spürt den Schweiß, der sich zwischen dem Leder und ihren Handflächen angesammelt hat. Sie sitzt wieder im Auto. Da, das Radio. Rauschen, eine Stimme. Nachrichten zur vollen Stunde. Die Wespe auf dem Steg. Abendwind, der an das Fenster schlägt. Der Stich, die blutigen Finger. Die kalten Hände, erstarrt und bleich. Aufgerissenes Nagelbett. Wasser und Wolken, danach der Fall.

Sie erinnern sich. Und stellen sich ihrer Vergangenheit. Gemeinsam, aber doch jeder für sich.

Neuland.

Eine Erinnerung:
Neben sich auf dem Leintuch
ein neues Leben. Ein Leintuchleben.

Emmas Mutter

Rückblick.

Ja, ich weiß, Georg war heute Nachmittag bei mir … Hm, ja. Okay. Vielleicht hast du recht, aber trotzdem hätte er nicht … Warte einen Moment, ich bin gerade an der Kasse …

Hektisch kramt sie in ihrer Handtasche nach dem Geldbeutel, das Handy zwischen Ohr und Schulter eingeklemmt, den Zwanziger mit der linken Hand herausfingernd und dem Kassierer reichend, eine große Papiertüte am linken Arm hängend. Sie nimmt das Wechselgeld und die Rechnung entgegen, Geld in den Geldbeutel, Geldbeutel in die Handtasche, die gekauften Dinge in die Papiertüte, dann schnell weg hier, die einkaufswütige Meute hinter ihr drängt schon, schiebt sie vorwärts, sie flüchtet aus dem Geschäft.

Ich bin wieder da, sagt sie ins Handy, hier ist die Hölle los, ich hätte den Einkauf gestern noch erledigen sollen …

Sie hasst Einkaufen. Besonders in großen Einkaufszentren und besonders an Freitagen. Sie findet eine Sitzinsel und sinkt dort erschöpft nieder. Alles dreht sich, Schriftzüge wölben sich auf, Buchstaben werden zu Köpfen, und Köpfe sind plötzlich am Boden, Füße in der Luft, Taschen fliegen durch die Menge … Sie hält sich den Kopf und schließt die Augen. Trinkt einen Schluck und noch einen und noch einen, bis die Flasche leer ist und ihr Hals nicht mehr trocken. Der Lärm brandet an ihren Ohren, prallt an der Muschel ab und hämmert auf ihr Trommelfell ein.

Als sie endlich auf dem Weg zum Auto ist, zeigt die Uhr fast acht an. Die Müdigkeit sitzt ihr in den Gliedern.

Fahr vorsichtig, sagt ihr Mann noch, bevor er auflegt, auf den Straßen ist jetzt bestimmt viel los.

Mach ich, sagt sie. Dann kramt sie den Schlüssel aus der Jacke, sperrt den Wagen auf, verstaut den Einkauf im Kofferraum, schließt den Deckel, hebt ihn wieder an, weil sie ihn zu sanft zugemacht hat, schlägt ihn fester zu, steigt ein, fährt los.

Auf der Landstraße spürt sie, wie etwas in ihrem Inneren zerreißt. Wie ein feiner Faden fühlt es sich an, der sich zwischen ihrer linken und rechten Schulter spannt und den es plötzlich nicht mehr gibt.

Und als hätte dieser eine winzige Faden ihren

gesamten Oberkörper zusammengehalten, werden ihre Schultern und Arme auf einmal schwerelos, auf eine unangenehme Art.

Ihre Lungen sind zu Eisblöcken geworden, obwohl sie die Heizung aufgedreht hat und die Luft im Auto viel zu heiß ist. Sie verlangsamt das Tempo, vor ihr bildet sich ein Stau. Um diese Zeit!

Es geht nur zäh voran. Das Auto kriecht vorwärts. Im Radio wird nichts zu dem Unfall gesagt, aber das ist auch gar nicht nötig. So viel Blaulicht, denkt sie und zählt mit: eins, zwei, drei, vier. Rettungswagen, Notarzt, Feuerwehr, Polizei. Fünf. Noch mal Feuerwehr. Die Nacht wird blau und laut. Vereinzelte Regentropfen trommeln auf die Frontscheibe. Bei Nässe wird es hier ziemlich rutschig.

Vor und hinter ihr hupen ungeduldige Fahrer. Sie stellt den Motor ab. Ihre Hand wandert instinktiv zur Tasche. Hat er auf ihre Nachricht geantwortet, dass sie sich verspäten wird? Aber sie findet das Handy nicht, obwohl sie es vorhin noch in der Hand hatte.

Ihre Finger trommeln gegen das Lenkrad wie der Regen auf das Dach. Die Zeit verrinnt, und ihr wird noch kälter, obwohl die Heizung wie verrückt arbeitet. Ihre Schultern beginnen zu zittern. Das ist die Müdigkeit, sagt sie sich. Der Tag war anstrengend. Gegessen habe ich nichts seit Mittag. Vielleicht erkälte ich mich auch. In so einem Einkaufszentrum tummeln sich schließlich genug Viren. Ich hätte doch durch die Stadt fahren sollen, dann wäre ich schon längst zu Hause. Ich sollte ihn rasch anrufen. Doch sie kann nicht. Sie kann ihre Hände nicht vom Lenkrad nehmen, sie sind dort festgewachsen. Festgefroren in dem warmen Auto, in dem die Luft schon vor Hitze pulsiert.

Ihr ganzer Körper zittert nun. Was ist bloß los mit ihr? Sie macht das Radio an, versteht jedoch kein Wort. Abgesehen von den Sirenen der Einsatzfahrzeuge, die aus weiter Ferne leise, aber schrill zu ihr dringen, ist es still. Jetzt keine Regentropfen mehr. Kalter Schweiß perlt ihren Nacken hinab. Vielleicht werde ich mich erkälten. Soll ich ihn doch noch anrufen?

Sie lässt die Fensterscheibe herunter.

Frischluft.

Der alte Mann sitzt so erstarrt in seinem Auto, als wäre er ein sechster Sitz. Das Handy, mit dem er die Rettung gerufen hat, in seiner rechten Hand. Der Bildschirm leuchtet noch, die gewählten Ziffern springen ihm schwarz auf weiß entgegen. Er weiß nicht, wie lange es her ist, dass er sie gedrückt hat. Zuerst konnte er gar nicht reden. Nur gestammelt hat er. Aber dann wurde ihm bewusst, dass es vielleicht einzig von ihm abhängt, ob die Person im Auto überlebt.

Er hat daraufhin seinen Namen gesagt und den Ort, an dem er den verunglückten Wagen liegen sah. Die Motorhaube war verbogen und um den Baumstamm geschlungen.

Wie viel Zeit ist seitdem vergangen?

Er versucht, klar zu denken, aber es fällt ihm schwer. Als würde Nebel durch seine Gedankengänge wabern. Zuerst hat er den Rauch gesehen, als Nächstes das Auto, das kein Auto mehr war. Die Vorderseite des Wagens war völlig zusammengepresst gewesen, wie ein Akkordeon. Das Auto muss von der Straße abgekommen sein, die Kurve ist scharf und der Boden war nass. Vielleicht ein Tier? An dieser Stelle queren häufig Rehe und Wildschweine.

Vorhin kam eine Sanitäterin zu ihm. Sie meinte, er stehe unter Schock. Dabei ist ihm doch gar nichts passiert. Er wollte sich dem Auto nähern, aber es war so heiß. Die Hitze schleuderte Druckwellen in seine Richtung ab. Da ist er stehen geblieben.

Später hörte er die Sanitäterin sagen, dass die Fahrerin überlebt habe, aber in einem kritischen Zustand sei. Sonst sei niemand im Wagen gewesen. Die Feuerwehr kümmerte sich um das Auto und dann hob man die Frau aus dem Wagen, samt dem Airbag, der ihr Gesicht verdeckte. Irgendwie war er froh darüber. Getrocknetes Blut klebte an den Schläfen und in ihren dunklen Haaren.

Erst nachdem er die Rettung gerufen hatte, kam er auf die Idee, die Alarmblinkanlage einzuschalten. Er suchte das Pannendreieck, das er noch nie in seinem Leben benutzen musste. Er fand es unter der Rückbank versteckt, bekam es aber nicht aus der Hülle. Endlich hatte er es aufgeklappt, da fragte er sich, in welcher Entfernung zum Auto er es stellen sollte. Mitten auf die Straße? Oder an den Rand?

Ein paar Schaulustige stiegen aus, liefen aber sofort wieder in ihre Fahrzeuge zurück, als sie den Rauch rochen. Eine Frau kam zu ihm und fragte ihn, ob er in Ordnung sei. Vielleicht dachte sie, er wäre an dem Unfall beteiligt gewesen. Konnte er beweisen, dass er nichts damit zu tun hatte? Kurz wurde er nervös. Aber dann ging er um sein Auto herum. Makellos. Und der Unfallwagen hatte hinten auch keine Schäden.

Akkordeon.

Er will seine Frau anrufen, aber plötzlich erscheint ihm nichts so schwierig, wie ihre Nummer zu wählen. Verändert man sich, wenn man einen Menschen beinahe sterben gesehen hat?

Ein Polizist und eine Polizistin kommen auf ihn zu und fragen ihn etwas. Die Sanitäterin, die plötzlich wieder bei ihm ist, schüttelt nur den Kopf. Der Mund des Polizisten macht Bewegungen. Ihre Kappen lassen sie größer wirken, als sie eigentlich sind.

Erst im Rettungswagen findet er seine Stimme wieder. Es geht mir gut, sagt er, mir ist nichts passiert.

Reine Routine, antwortet die Sanitäterin und tropft ihm etwas auf die Zunge. Leuchtet ihm in die Augen. Es blendet und schmeckt bitter.

Die Polizisten befragen währenddessen andere Zeugen. Irgendwo zwischen den vielen Autos und noch mehr Menschen steht sein Warndreieck.

Keine Erinnerung:
Manchmal tut das Gedächtnis das,
um einen zu schützen.

Emmas Mutter

In der Früh schmeckt alles, als wäre die Zunge betäubt. Bedeckt und leicht nach Blei. Obwohl es Abend ist, fühlt es sich genauso an, als sie das Krankenhaus an der Seite ihres Mannes betritt. Sie müssen sich nicht mehr an der Rezeption vorstellen, sondern werden mittlerweile schon durchgewunken. Sie finden den Weg. Nie hätte sie gedacht, sich in einem Krankenhaus jemals so gut auszukennen.

Emmas Zimmer liegt im vierten Stock ganz am Ende eines viel zu langen Ganges ohne Fenster. Im Raum gibt es ein Fenster, das auf die stark befahrene Straße weist. Es ist nicht zum entspannten Aus-dem-Fenster-Sehen gemacht. Aber die Menschen, die hier untergebracht sind, können das sowieso nicht.

Als sie zum ersten Mal hier war, fühlte sich nicht nur ihre Zunge, sondern auch ihr gesamter Körper betäubt an. Glieder, Muskeln, Gedanken. Ihre Wangen und Lippen waren weich und kraftlos. Die Stirn hing sich über den Augen aus, die Schultern fielen über den Oberkörper. Es war ein hartes Stück Arbeit für ihre Wirbelsäule, alles zusammenzuhalten.

Emma sieht friedlich aus. Etwas in ihren Gesichtszügen hat sich geglättet und ist zur Ruhe gekommen. Sie fragt sich, ob das ein gutes oder schlechtes Zeichen ist. Das gedimmte Licht des Krankenzimmers taucht ihre blasse Haut in ein geisterhaftes Weiß. Sie knipst die orientalische Lampe mit den bunten Farben an, die sie und ihr Mann neben Emmas Bett gestellt haben. Sie rückt Emmas Kindheitsteddy zurecht, den sie ihr unter die Decke gelegt haben, damit Emma etwas hat, an dem sie sich festhalten kann, falls sie etwas braucht.

Sie hat nicht sofort geweint, damals im Frühjahr. April ist es gewesen. April. Sie war völlig ausgetrocknet, ausgelaugt. Nichts würde jemals wieder in ihr entstehen können, keine Tränen, kein Lachen, keine Worte. Vollkommen leer.

Das Weinen kam erst, als sie ihr den Teddy brachten, und dann hörte es nicht mehr auf.

Am Anfang konnte sie Emma nicht allein lassen. Sechs Tage lang saß sie an ihrem Bett, und mit jedem weiteren kaum wahrnehmbaren Atemzug ihrer Tochter wuchs und starb zugleich die Hoffnung auf ein baldiges Erwachen. Die zwei betreuenden Ärztinnen konnten keine Prognose geben. Es könne sich in alle Richtungen entwickeln, haben sie gesagt. Bei solchen Fällen sei es unmöglich, etwas Genaueres vorherzusagen.

Als sie ihre Tochter zum ersten Mal verlassen hat, um den versäumten Schlaf einer Woche nachzuholen, war es nicht sie selbst, die auf dem Linoleumboden des Krankenhauses davonging. Es war nur ihr Körper. Sie selbst war weit weg. Abwesend und entwurzelt. Jegliche Verbindung zum Leben war gekappt. Die Reste ihrer Wurzeln verkümmerten unter der Erde, während sie orientierungslos vor sich hintrieb. Sie wollte stark sein und die Scherben hüten, die aus ihr herausfielen, eine schärfer als die andere. Zum Schluss waren sie schon so klein, dass man sie gar nicht mehr mit den Fingern aufheben konnte.

Jetzt sind fast sechs Monate vergangen, seit der Anruf kam. Jetzt ist ihre Zunge nur noch ganz leicht belegt, ihr Mund schmeckt nicht mehr nach Blei und in ihre Gesichtszüge ist wieder ein wenig Kraft zurückgekehrt. Sie kann nun den Weg zum Krankenzimmer gehen und ein bisschen weinen, wie es sich gehört.

Ihre Umgebung verschwimmt. Die bunten Lämpchen auf den leise surrenden Maschinen und Geräten um das Krankenbett verzerren sich. Sie blinzelt nicht. Die Farben fließen ineinander, werden zu Streifen, flackern und tanzen auf ihrer Netzhaut. Sie wirken wie der Mittelpunkt der Welt. Der Mittelpunkt ihrer Welt.

Eine Frage: Tausende Wege gibt es, unser Leben zu leben. Wenn man einen dieser Wege nicht eingeschlagen hat – wieso denkt man dann, man hätte etwas verpasst?

sie

Selten ist ihr der Raum größer erschienen. Aber vielleicht ist sie es ja, die kleiner geworden ist.

Draußen bricht der Tag gerade an. Neben ihr liegt ihr Mann und schläft noch. Sie aber ist hellwach. Sie steht mit der Sonne auf, manchmal sogar vor ihr. Dann hat sie das Gefühl, ganz allein auf der Welt zu sein, und an Tagen wie diesen ist es ein tröstliches Gefühl. Als würde die ganze Welt nur für sie existieren.

Was kann sich über Nacht verändern? Das Wetter, der Körper … Ein Mensch? Nein, das glaubt sie nicht. Wie sollte das möglich sein? Selbst wenn es von außen betrachtet oft anders wirkt, ist jede sichtbare Veränderung nur die Spitze des Eisbergs. Darunter kann es schon lange gearbeitet haben.

Das Leben kann sich über Nacht verändern – ihres. Emmas. Das Leben ist so eine fragile Sache. Es kann so schnell zerbrechen. Sie hat jeden Tag des vergangenen halben Jahres mit dem Gedanken begonnen, dass ihr

Leben zerstört worden ist. Aber vermutlich ist *zerstören* nicht das richtige Wort, es liegt zu viel Ende darin, im Gegensatz zu *zerbrechen*. Aus etwas Zerbrochenem können sich unendlich viele neue Formen bilden. Es kann ein neuer Anfang sein.

Der Unfall hat alles abgestumpft, hat ihr Leben und das ihres Mannes gelähmt. Er hat ihr aber auch die Möglichkeit gegeben, darüber nachzudenken, was geschehen ist. Sie hat zu wenig auf ihr Leben aufgepasst. Sie hat sich lange Zeit nicht mehr darum gekümmert, und ein vernachlässigtes Leben ist nachtragend.

Erst der Unfall hat sie aus ihrer jahrelangen Passivität gerissen und sie gleich darauf in eine andere Art davon versetzt, in eine restlos resignierte Passivität. Sie hat immer gedacht, sie könnte nicht noch passiver werden, aber sie hat sich geirrt. Es kann immer schlimmer werden, genauso wie es immer besser werden kann. In beide Richtungen gibt es keine Grenzen. Man muss aufpassen, dass man nicht in eines der Extreme abrutscht. Immer mehr zu wollen ist genauso schlimm, wie immer weniger zu werden.

Das Leben kann man nicht vereinfachen, denkt sie. Manche Dinge muss man in ihrer Kompliziertheit annehmen, um das Einfache in ihnen zu erkennen.

Gestern Vormittag ist sie in die Stadt gefahren und hat sich ein neues Tagebuch gekauft. Das steht zumindest in großen Buchstaben darauf, schwarz auf bunten Streifen. Sie hat so lange nach einem Ventil gesucht und die ganze Zeit übersehen, dass sie längst eines hat. Es wird eine Weile dauern, bis sie sich wieder an das Schreiben gewöhnt. Aber sie kann sich nicht mehr vor sich selbst verstecken. Diese Zeiten sind endgültig vorbei.

Sie wird über Emma schreiben und vielleicht kann sie irgendwann verstehen, warum es so schwierig war. Warum sie selbst so schwierig war. Warum alles so gekommen ist. Vielleicht bleiben manche Dinge aber auch für immer kompliziert.

Ihr ist bewusst, dass sie einen Anteil an Emmas Unglück hat. Dass sie mehr hätte tun sollen, mehr hätte geben sollen. Aber sie hatte nichts zu geben, nicht einmal diesem Kind, das sie selbst geschaffen hat. Als es aus ihr herausrutschte, blieb in ihr eine Leere zurück, so als hätte Emma ein Loch in ihren Körper gerissen.

Sie hat es versucht, jahrelang hat sie versucht, dem Mädchen das zu geben, was es brauchte und verlangte, aber sie hatte zu wenige Ressourcen. Sie hat es nicht geschafft, ihrer Tochter eine gute Mutter zu sein. Es war keine bewusste Entscheidung, nichts, worüber sie sonderlich viel Macht gehabt hätte. Es ist einfach passiert. Das Kind ist ihr passiert und dann ist sie dem Kind passiert.

Jetzt versucht sie gutzumachen, was sie die vergangenen fünfundzwanzig Jahre versäumt hat. Sie weiß nicht, ob Emma irgendetwas davon mitbekommt, aber sie tut es trotzdem. Zum ersten Mal seit Emmas Geburt fühlt sie ein unermüdliches Drängen in der Brust, alles zu tun für dieses Mädchen, dem sie das Leben geschenkt hat. Zum ersten Mal ist sie bereit, mehr zu geben, als sie hat. Und zum ersten Mal fühlt sie sich auch in der Lage dazu.

Sie greift nach ihrem Mantel und dem zerfledderten Buch und verlässt die Wohnung. Die Tür fällt hinter ihr ins Schloss. Sie läuft die Stufen hinunter. Nach einer Viertelstunde ist sie beim Park. Sie geht an den Rosen vorbei, die großteils schon verblüht sind. Geht bis zu dem kleinen Teich. Eine große Weide lässt ihre Äste in das Wasser fallen und wirft Schatten. Enten schwimmen. Sie setzt sich auf eine Bank in der Nähe des Springbrunnens mit der Wassernymphe. Sein Plätschern hat etwas Beruhigendes und vermischt sich mit dem Plätschern des Teiches, wenn die Enten ins Wasser gleiten. Die Kastanien breiten ihr Blattwerk über den Alleen aus.

Sie nimmt das Buch zur Hand. *Diesseits vom Paradies.* Eine Dame in rot-schwarzem Kleid steht neben der Andeutung eines Baumes. Im Hintergrund braune Schemen, die an eine Küste oder felsige Berglandschaft erinnern. Sie scheint nicht sicher zu stehen, ihre Arme sind in der Bewegung erhoben, als würde sie um ihr Gleichgewicht ringen. *Hier war eine neue Generation, die aufgewachsen war, um herauszufinden, dass alle Götter tot waren, alle Kriege ausgefochten, alle Überzeugungen erschüttert.*

Das Buch sieht gelesen aus. Ein paar Eselsohren. Sie schlägt die Seiten auf und entdeckt Bleistiftstriche unter vielen Sätzen. Das Buch lag im Auto.

Diesseits vom Paradies. Viele wollen einem einreden, dass das Paradies noch vor einem liegt. Verkauft sich wahrscheinlich besser. Es ist eine optimistische Einstellung. Sie hat sich damit abgefunden, dass ihr Paradies schon hinter ihr liegt, auch wenn sie nicht genau weiß, was es gewesen sein soll. Vielleicht alle glücklichen Momente in ihrem Leben zusammen. Sie könnte ein Buch mit dem Titel *Jenseits vom Paradies* schreiben. Sie muss schmunzeln.

Vermutlich sollte man sich gar nicht erst festlegen. An manchen Tagen ist man diesseits, an manchen jenseits des Paradieses. Das Paradies ist wahrscheinlich eine sehr wechselhafte Sache. Man stellt es sich schön vor. Als Projektionsfläche für alles, was man sich wünscht. Für all die Vorstellungen, die im Leben keinen Platz haben.

Sie hat noch nie an ein Paradies geglaubt. Sie war nie sonderlich religiös. Hat auch noch nie an ein Schicksal geglaubt, im Gegensatz zu ihrem Mann, der dafür empfänglicher ist. War der Unfall ein Schicksalsschlag?

Vielleicht.

Vielleicht sollte sie an irgendetwas glauben.

Das Buch knistert zwischen ihren Fingern. Sie hat lange Zeit gedacht, sie könnte nie wieder Freude empfinden. Aber Freude ist anders als die anderen Gefühle. Häufig kommt sie nicht einfach so. Sie sträubt und ziert sich. Sie ist schüchtern. Manchmal muss sie gebeten werden und manchmal muss man sie üben. Sie hatte es verlernt, sich zu freuen. Aber Freude ist nicht gierig. Sie braucht nicht viel.

Als sie gestern das Krankenhaus verlassen wollten, wurden sie von einer Ärztin abgefangen. Sie hat gelächelt und gesagt, dass sich Emmas Werte verbessert hätten und sie zuversichtlich sei, dass sie irgendwann wieder erwachen werde. Ihr Körper sei bald dazu bereit, hat sie gesagt, jetzt müssten wir ihr die Zeit geben, die sie braucht.

Sie klammert sich an diesen Worten fest, spult sie immer wieder ab. Sie will, dass die Familie, in der ihre Tochter erwachen wird, eine bessere ist. Sie will alles nachholen, was sie versäumt hat.

Die Morgensonne bricht sich im Brunnen und funkelt in den Münzen am Grund. Sie hat bemerkt, dass sie sich nun wieder an ein paar Dingen erfreuen kann. Dass es vereinzelte Lichtblicke gibt zwischen all der Dunkelheit, die das Frühjahr in ihr Leben gebracht hat. Es wird

Zeit, Verantwortung zu übernehmen – für die Menschen, die sie liebt, aber vor allem für sich selbst. Jede Handlung hat Konsequenzen, auch eine unterlassene. Bei Emma hat sie zu oft nicht gehandelt.

Sie muss einen Weg finden, damit zurechtzukommen, was passiert ist, und weiterleben, egal, wie es ausgeht. Vielleicht genügt das für den Anfang. Sie wird üben. An manchen Tagen wird es leichter gehen als an anderen.

Was kann sich über Nacht verändern?

Danksagung

Ein Buch zu schreiben, ist meistens eine ziemlich einsame Angelegenheit. Und dennoch schafft man es nicht im Alleingang. Es waren viele Leute daran beteiligt, ein paar davon will ich jetzt nennen.

Zuerst danke ich meiner Lektorin Anita Luttenberger. Dein Vertrauen in mich und diese Geschichte bedeutet mir so unendlich viel. Ich habe vor Freude getanzt und geweint, als deine ersten E-Mails eingetroffen sind, und um ehrlich zu sein, zaubern sie mir immer noch ein Lächeln auf mein Gesicht. Von Anfang an hast du eine Begeisterung und Liebe in meinen Roman gesteckt, die für mich immer noch ein bisschen surreal sind. Ich hätte nie gedacht, dass es einen Menschen auf dieser Welt gibt, der mein ganzes Buch laut liest und genauso lange E-Mails schreibt wie ich. Deine Kompetenz, Feinfühligkeit und Leidenschaft sind einzigartig und haben die Arbeit an *Verpasst* zu etwas ganz Besonderem gemacht.

Mein Dank gilt auch dem gesamten Team vom Braumüller-Verlag, wo mein erster Roman ein so wundervolles Zuhause gefunden hat. Ihr gebt mir das Gefühl, ich sei eure einzige Autorin und immer willkommen mit allem, was mich beschäftigt. Maren, du bist ein Organisationstalent ohnegleichen, und Ines, ich habe keine Ahnung, wie du dieses fantastische Cover innerhalb kürzester Zeit aus dem Ärmel geschüttelt hast.

Verpasst war ursprünglich eine einseitige Kurzgeschichte, mit der ich 2017 ins Finale des *texte.wien* Literaturwettbewerbs eingezogen bin, wo ich dazu ermuntert wurde, einen Roman daraus zu machen. Ich weiß nicht, ob ich jemals selbst auf diese Idee gekommen wäre. Und ich weiß nicht, ob ich es geschafft hätte, ihn tatsächlich zu schreiben, wenn mich nicht von meiner Kindheit an viele Menschen dazu angespornt hätten, immer weiter zu schreiben:

Ich danke meinen Lehrerinnen Heidi Bambazek und Martina Ritsch-Beer für ihre Ermutigungen und ihre Begeisterung für meine allerersten Geschichten.

Ich danke Daniela Meisel für ihre Schreibwerkstatt, in die ich durch Zufall hineingepurzelt bin und die mein Schreiben unvergleichlich geprägt hat. Du bist meine Mentorin und mein Vorbild und deine Ratschläge sind Gold wert. Danke, dass du diesen Roman gelesen hast, bevor ich überhaupt nur daran gedacht hätte, ihn jemals an Verlage zu schicken. Und danke, dass du mich gefragt hast, warum ich es noch nicht getan habe.

Ich danke Vea Kaiser, die meinem vierzehnjährigen Ich geraten hat, das zu schreiben, was ich wirklich schreiben will, und mir Zeit damit zu lassen – dann wird das alles schon werden.

Ich danke meinen Freundinnen aus Schulzeiten, die immer Rücksicht auf mich genommen haben, wenn ich in einer kreativen Phase war und spontan eine Party habe sausen lassen, weil das Kapitel noch nicht fertig war. Danke, dass ihr von Anfang an mit meinen Geschichten mitgefiebert habt und immer noch da seid. Ihr wisst gar nicht, wie viel mir das bedeutet.

Ein ganz besonderer Dank gilt natürlich meinen beiden Schreib-Freundinnen für die endlosen Gespräche über unsere Bücher, das gemeinsame Brainstormen in Cafés und auf Spaziergängen, die stundenlangen Telefonate und motivierenden Sprachnachrichten immer genau dann, wenn ich sie gebraucht habe. Ihr entzündet immer wieder meinen kreativen Funken, wenn ich mich mal ausgebrannt fühle.

Zu guter Letzt gilt mein Dank meiner Familie. Meiner Mutter, die jede Version dieses Romans gelesen und immer schon daran geglaubt hat. Dank dir weiß ich, wie unglaublich wertvoll eine gute, liebevolle Mutter-Tochter-Beziehung ist. Ich habe Emma beim Schreiben oft den Rückhalt gewünscht, den ich von dir immer schon bekommen habe.

Ich danke meinem Vater für seine unermüdlichen Anregungen und Ideen, ohne die dieses Buch nicht das geworden wäre, was es jetzt ist. Du hast immer schon gewusst, dass ich mit dem Schreiben meinen Weg gehen werde, und mir gezeigt, dass ich mir selbst vertrauen kann.

Ich danke meiner Schwester Sarah. Du bist nicht nur meine allzeit bereite Testleserin, sondern hast immer auch die richtigen Fragen und Kommentare parat, wenn ich wieder mal in Schreibkrisen feststecke und mich frustriert auf dein Bett werfe. Ich kann dich stundenlang mit neuen Ideen bequatschen und mich immer darauf verlassen, dass du jedes Buch der Welt zur Seite legst, um meine zerfledderten Manuskripte zu lesen.

Und schließlich will ich all den Frauen danken, die mir als Schriftstellerin den Weg geebnet haben. Frauen, die immer geschrieben haben, auch wenn ihnen Steine in den Weg gelegt wurden. Die sich Raum genommen haben, wo er ihnen verwehrt wurde, und ihre Stimmen hinaus in die Welt posaunt haben, wo sie zum Schweigen verdammt waren. Allein eurer Hartnäckigkeit habe ich es zu verdanken, dass ich diese Danksagung schreiben kann. Ihr habt eine Tradition geschaffen, in die ich mich einordnen kann, Fußstapfen, in die ich treten kann.

Christina Walker

Kleine Schule des Fliegens

Jeden Tag versammeln sich mehr Krähen draußen in der Platane. Bald entdeckt Alexander Höch seltsame Ähnlichkeiten zwischen sich und den Vögeln vor dem Fenster. Soghaft und mit abgründiger Komik erzählt *Kleine Schule des Fliegens* von den realen und surrealen Provokationen des Lebens.

(D) **€ 22,00**

ISBN 978-3-99200-342-6

Claudia Sammer

Wild Card

Zwei Menschen, zufällig aneinandergeraten, treiben durch die ungewohnt menschenleeren Straßen einer Großstadt. Etwas Undenkbares ist passiert, etwas, das sie nicht einordnen können. Wie entkommt man der Paralyse, wenn Terror oder unberechenbare Katastrophen die vermeintliche Sicherheit zerstören, welche Verortung ist möglich?

(D) **€ 20,00**

ISBN 978-3-99200-307-5

Astrid Ebner

Blaupausenwelt

Drei Paare hinterfragen ihre Fähigkeit, Verantwortung für ein Kind zu übernehmen. In der nicht allzu fernen Zukunft, einer Welt, in der Technologie und Wissenschaft Erbkrankheiten ausgemerzt haben und durch Genmanipulation nahezu „perfekte“ Kinder geboren werden, scheinen alle Probleme gelöst.

(D) **€ 24,00**

ISBN 978-3-99200-352-5

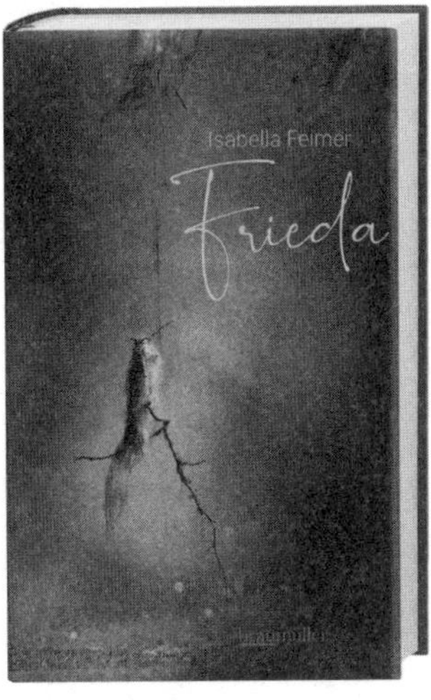

Isabella Feimer

Frieda

Zwei junge Frauen wagen nach Ende des Zweiten Weltkrieges den Ausbruch aus einer Gesellschaft, die geprägt ist von patriarchaler Ordnung, Traditionsbewusstsein und Verzicht. Isabella Feimer entspinnt ein poetisches Spiel mit Raum und Zeit, zwischen Sehnsucht, Wunscherfüllung und bitterer Lebensrealität.

(D) **€ 22,00**

ISBN 978-3-99200-334-1

Personen und Handlung sind frei erfunden. Ähnlichkeiten mit lebenden oder toten Personen sind rein zufällig und nicht beabsichtigt.

Teilweise realisiert 2023 in der „CASA LITTERARUM" der Österreichischen Gesellschaft für Literatur in Paliano und mit Unterstützung des BMKOES Kunst und Kultur sowie im „DOMUS ARTIUM" der Literaturedition NÖ in Paliano. Die Autorin bedankt sich herzlich für die Unterstützung und Förderung.

Quellen:
Seite 21: Rainer Maria Rilke: *Der Panther.* In: Rainer Maria Rilke: *Gesammelte Werke.* Köln: Anaconda 2013, S. 436.

Seite 198f.: F. Scott Fitzgerald: *Diesseits vom Paradies.* Aus dem Amerikanischen von Martina Tichy und Bettina Blumenberg. Zürich: Diogenes 2006.

Bibliografische Information der Deutschen Nationalbibliothek
Die Deutsche Nationalbibliothek verzeichnet diese Publikation in der Deutschen Nationalbibliografie; detaillierte bibliografische Daten sind im Internet über http://dnb.d-nb.de abrufbar.

1. Auflage 2023

Servitengasse 5, A-1090 Wien
www.braumueller.at

Lektorat: Anita Luttenberger
Foto Cover: AdobeStock © Justlight
Druck: EuroPB, Dělostřelecká 344, CZ 261 01 Příbram
ISBN 978-3-99200-346-4